宵口怪談 無明《むみょう》

著

竹書房文庫

目次

ひとりあるき

「少し遠いところから来る人にとっての心霊スポット」なる話を、よく聞く気がする。

実際、心霊スポットと言われる場所は日本各地にあるが、中には眉唾物の情報も多い。「一家心中があった」などと言われていても、昔からその周辺に住んでいる人にとっては、ここ数年来そんな事件はなかったと即答できてしまうようなケースも多い。

廃旅館をはじめ、廃屋、廃病院、それらすべてに幽霊がでるわけでもなければ、凄惨な過去があるわけでもないのだ。


あきらさんが大学生の頃のことだ。

先輩が心霊スポットに肝試しに行こうと誘ってきたという。

場所は、「K県の温泉地から少し離れた旅館」。

先輩によれば、その旅館は父親が経営に行き詰まり、妻と息子を殺して本人も自殺。

その霊が今もでるのだという。

大浴場で妻と息子の死体が切断され、父親は庭で首を吊った。

そのため、その二箇所は特に霊を見る確率が高い。


「そんなわけあるか」とあきらさんは思ったが、気になることがあったので参加することにした。実は、この旅館のある地は、あきらさんが昔住んでいた土地だったのだ。もっとも、中学卒業とともに引っ越してから、訪れることはなかったという。

集まったのは先輩同級生含めて、男女六人。皆すっかりはしゃいでいたが、あきらさんはそれを冷めた目で見ていた。


噂の旅館に到着したのは、午後十一時を回った頃。

なるほど廃業してしばらく経った廃旅館は、夜に見ればそれなりの雰囲気がある。

というか、あきらさんが予想していたよりもはるかに暗く重たい空気だった。

まず周囲は森なので、暗い。電気もなく、明かりは月と懐中電灯のみ。夏だというのになぜか虫や蛙の声はせず、静かすぎるほどに静かだった。

割れた窓ガラス。落書きだらけの壁。

かつて見たときとは変わり果て、旅館はまるで死体のように見えた。そういう意味では確かに不気味だった。

「おい、行こうぜ」

周りに呼ばれ、あきらさんも皆に続く。

目指すは噂の大浴場と庭。まず庭を見てから建物の中に入って大浴場を目指すことになった。

この時点で、本来なら男女二人ずつ三組に別れて行動するはずだったが、一人の女性があまりに怖がるので全員でまとまって行動することになったそうだ。


まずは庭へ向かう。庭、といっても現在ではどう見ても「元庭園」といった様子だった。多くの木が枯れている一方、逆に無秩序に繁っている箇所もある。その落差が不気味だ。

不意にひとりが悲鳴をあげた。

「ひ、人がいる!」

あきらさんも含めて全員が、びくりとした。

だが、何のことはない、ただの松だった。歪んで伸びた枝が、そこまで背が大きくないせいもあり、人が手を挙げている姿に見えたのだ。

「……あの木で、首を」

「やめてよ」

同級生の男子が言うのを、女性の先輩がぴしゃりと遮った。

なんとなく全体の雰囲気が悪くなったまま、玄関から建物に入る。

玄関は開いていた。というか、扉の片方が壊されたままになっていたため、遮るものもない。

真っ暗なフロントから更に奥へ向かう。

建物の中も落書きされており、色々な人がきた痕跡が其処此処にあった。昔は大事にお客様を迎えていた場所が、今となっては呼んでもいない客に踏み荒らされている……自分たちも含めて。

軋む木の廊下を進み、大浴場に着く。そこもドアは開いていた。

……ここで、女性と子供が解体されて。

そんなはずはない、とあきらさんは思ったが、乾ききってひび割れたタイルや、なぜか外より冷たく感じる空気が肌に纏わりつき、いやな予感が毛穴から滲み出す。

「……なんだよ、なんにもねえじゃん！」

男の先輩が、ほっとしたように、或いは自身に言い聞かせるように声を出した。

だが、あきらさんはその隣で見ていた。

……乾いた浴槽の中に、人影が立っている。

こちらを見ている。動かない。

小学生くらいの男の子だ。こんな時間に、こんなところに一人でいるわけがない。

先輩はなおも「なんにもねえじゃん」と言っている。他の人も騒ぐ様子もなく、ただ早く帰ろうと言っている。

そう――なんにもないはずだ。

あきらさんは、誰にも何も言わずに背を向けて大浴場を後にした。

視線を感じていたが、追ってくる気配はなかった。ずっと気にしながら、だが決して振り返らずあきらさんは外に出た。

帰りの車の中、「結局なんにもなかった」とか「お前がいちばんビビっていた」など語り合い、みんなは笑っていた。

あきらさんはそれを黙って聞きながら、かつての〈我が家〉を後にした。

「だって、そんな幽霊でるはずがないんですよ」

その旅館の元経営者の子であるあきらさんは、私にそう言った。

ご両親にとって遅くなってからの子供だったあきらさんのお父さんは、あきらさんが中学生の時に大病を患った。

介護に専念するという選択をしたお母さんは旅館ごと土地を売り、今はあきらさんと旅館から車で一時間ほどの、病院にも近い町中で暮らしている。幸い、お父さんも一命をとりとめ、昔のように働くことはできないものの、存命だ。

一家心中などとんでもない。噂が嘘なのは、あきらさんが誰よりもよく知っている。

「そもそも私の性別から間違ってるじゃないですか？」

噂で一人息子とされていたあきらさんだが、実際は女性だ。

勿論、廃墟で無関係の男の子の死体が見つかったのだとしたら、それもきっとニュースになっているだろう。そうでなくてもあきらさんの耳には入る。

だとしたら、あの子供はなんなのか。テンプレじみているというしかない、明らかに幽霊然とした幽霊。それも、噂の大浴場だ。あんなもの、営業しているときは見たことがない。

あきらさんは、楽しい子供時代を過ごした場所を噂とあの子供に乗っ取られたような気分がしたという。腹が立つと同時に、無性に寂しい。

一方で、みんなの言う「幽霊」が死後の姿なのかはずっと疑問を持っている。

「噂が独り歩きして、幽霊になったりするんですかね?」

その場所は、今はもう建て直されて老人ホームになっているそうだ。

灰色のファミリー

中野さんがかつて引っ越しをしたときの話だ。

当時独身だった彼は、契約更新を機に引っ越しすることを決めた。

会社に向かう線の始発駅であることを除いてあまり注文はなかった。それもあって思ったような部屋はすぐに見つかり、一度中を見てあっさり決めたという。

1DKで築年数は十年ほど。リフォームは済んでいる。真新しい白の壁紙はどこか薄っぺらく作り物めいていたが、物件を内覧した日はそれだけだったそうだ。

問題は引っ越しの当日に起こった。

業者が次々と荷物を中に運び入れる。趣味の漫画や玩具が多いので荷物は多かった。けれど、それに対応できる収納が今回の部屋にはある。それもこの部屋に決めた理由のひとつだ。

しばらくは読まなさそうな漫画を入れた段ボールをどこにしまうか聞かれて、中野さんは答えた。

「それは天袋にお願いします」

「はい、わかりました」

だが、了解の返事をしたはずの引っ越し業者の若い男性は、天袋に向けて立てかけた脚立を二段昇ってふすまを開けたきり、困惑したように止まっている。

彼を見上げると、気まずそうな視線と目が合った。

「これ、どうしましょうか？」

『これ』とはなんだろう。中野さんは少し返事が遅れた。その隙に目を逸らされた。

その日、中野さんはまだ天袋を開けていなかった。

バイトらしい彼は一度荷物を持ったまま降りてそこに段ボールを置き、リーダーらしき男性を呼びに出た。

簡単に説明を聞いたと思われるリーダーはすぐに来ると、先程の彼と同じように脚立を少し昇って中を確認する。

そしてやはり困惑したように中野さんに言った。

「ここにあるものをどうするか、決めてもらってもいいですか？」

（お札とか、虫や動物の死骸なんて御免だぞ）

中野さんは内心、そんなことを思いながら、彼と入れ替わるように脚立を昇った。

中野さんの目に飛び込んできたものは、不安に思ったようなものとはまったく違った。

灰色のウサギの家族。

子供向けの、有名なミニチュアの動物のファミリーである。比較的大きいものがふたつと、小さいものがふたつ。

彼らはちゃぶ台を囲んだ食事の様子を再現していた。照明が届かないせいもあるが、雰囲気が暗い。小さいふたつはリスのようだが、俯いて嫌々食事しているように見える。

恐らくお母さんなのであろう、エプロンをつけた大きめのウサギだけがこちらを見ていた。他は食事中なのに、彼女だけは片手にミニチュアの包丁を持っている。もっともそれは、切れ味などありようもない子供向けの玩具なのだけれど。

その姿は、本来その商品が持っている「幸せな家族」のイメージとは遠く離れていた。

見たものの訳がわからず、中野さんは混乱したまま脚立を降りた。

「すみません、……あれ、俺の物ではなくて」

「……あ、ですよね！」

少しほっとしたようにリーダーは言った。

「どうしますか」

「天袋には段ボールを入れたいんですけど」

結局、それは中野さんを哀れむような目で見たリーダーが捨ててくれることになった。

ありがたい話だった。不動産屋を呼ぶのも面倒だったし、また微妙な空気が流れるのも嫌だった。

それを持っていってもらいはしたものの、まだ不安だったので天袋には使わない物をぎゅうぎゅうに詰めた。

他に大きな問題はなく引っ越しは終わった。


だが、中野さんはそれから数ヶ月でその新居を手放したそうだ。

タイミングよく友達にルームシェアを誘ってもらったせいもある。だが、引っ越しの費用などを考えると、望んだ引っ越しではなかったと振り返る。それでも――。

「嫌だったんだよ。夢の中で、俺があれできゃっきゃお人形遊びをしてるんだ。裏声使ってさ。『ごはんよ、早く食べなさい』とか。俺は誰かの視点でそれを見てる。それが週三。

ほら、ある意味悪夢だろ」

もしかしたら自分には潜在的にそんな願望があるのだろうかと不安にもなった中野さんだったが、その部屋を出ると、夢は見なくなったという。

その話を聞き終わって、私はふと気になったことを聞いた。

「夢の中で、お母さんの役だったんですか？」

私の言葉に、そういえばずっとそうだったと中野さんは顔をしかめた。

きはだ

孝典さんは小さい頃、近所の中央公園でよくエアガンを撃ち合ったそうだ。弾はＢＢ弾と呼ばれるオレンジ色のものを使っており、当たっても怪我はしない。だが、お小遣いの関係もあり、撃つ弾の数にも限度があるので、公園に拾いに行くこともあったという。

「大体そういう日は、一人で暇な日で」

その日、暇つぶしも兼ねて孝典さんは中央公園にＢＢ弾を拾いに行った。

中央公園は人工の公園で、平地のところと、土を積み上げて小さな山を作ったところがあり、高いほうは木が多く途端に人が減る。

どんよりと曇った日だった。やや土も湿気《しけ》っていたので、孝典さんはまだあまり拾えていなかったがそのまま帰ろうとした。

どこを通っても住宅地に囲まれた公園なので、迷子の不安はない。歩いていくと、木の中に〈地味に目立つ〉木が一本あった。

「〈地味に目立つ〉って矛盾してるようですけど、派手な部分はないのに妙に目を引いたんです」

木の種類はわからないが、そこら中に同じような木が生えている中でその一本だけが目に留まった。近づくと、ガサガサにひび割れた木の表皮が少し捲れている。まるで剥がすことを誘うようだった。

孝典さんはそれに手を伸ばして、捲った。べりり、という音と共に、下敷き一枚ほどの範囲が剥けた。

木の皮を剥ぐなど初めてだったが、その奥にあったのは「肌色」だった。

肌色。というよりそれは人間の肌そのままだった。

青白く、生気はない。だが触れればすべすべと滑らかで、僅かに温かい。

木だとわかっているのに、直感で「女の肌だ」と思ったそうだ。

きめ細かく、指で押すと適度に弾力がある。いくつか青い痣のようなものがあった。

孝典さんはそのままそれを指で撫でていたという。撫で始めてすぐに、なぜか「死にたいなあ」と思った。そのまま撫で続けた。

母との「五時には帰る」約束を忘れたのはその日が初めてで、それ以前に撫で始めた後の記憶がほとんどない。次に覚えているのは泣きながら自分を叱る母の姿で、後で聴いたところ雨の中で戻らない孝典さんを探した家族は大変だったそうだ。

だが、雨が降ってきたことさえ孝典さん自身は覚えていないという。


その公園で遊ぶことを禁止された孝典さんは、中央公園に行かなくなった。

だが正直なところ、最近まで夢中だったエアガンでの撃ち合いが急に子供っぽく思えて興味がなくなっていた。なぜかたまに死にたい。部屋でぼうっとすることが増えた。

そんなある日、ふっとその気持ちが晴れた。孝典さんに何があったわけでもない。

中央公園で自殺があったと聞いたのはその翌日だった。自殺したのは大学に通う近所の男性だったそうだ。


それから大人になるまで木自体が怖かったという孝典さんだが、先日呼ばれたバーベキューで表面が剥けている木を見た。

「やっぱりあれは女の肌だったと思います」

改めて確信したと言う。

由佳さんとユカちゃん

私自身が日本に多い苗字なせいだろうが、社会人になってからも、職場で苗字ではなく下の名前で呼ばれることはよくある。

が、千尋さんの会社に三カ月だけ派遣で来ていた由佳さんは違った。それなりに個性的で、会社に一人しかいない苗字だったので、退職の日の送別会で社員の斎藤さんに絡まれるまで、彼はずっと苗字で呼ばれていたという。

「最初に名前見たとき、女の子かと思ったのになあ」

またか。近くの席にいた千尋さんはこっそりため息をついた。

斎藤さんは絡み方がくどいし、うざい。どちらかというと人が嫌がることをわざといじりたがるきらいがある。今も「女の子のほうがよかった」かのようなニュアンスが滲んでおり、明らかに失礼だ。

由佳さんは、確かに字面からは女性に間違えられそうな名前ではあるが、「よしかず」という読みが正しく、がっしりした体型の男性だった。

決して愛想のいいほうではなかったが、仕事は的確で真面目。嫌われるような人物ではなかったから、何も最後の最後に厭な思いをさせなくてもいいのにと気をもんだ。

斎藤さんはなおも絡み続ける。

「子供の頃、女みてえな名前、とか言われなかった？」

「言われましたよ。だから嫌なんですよね」

由佳さんは話を受け流すが、それでも斎藤さんはしつこい。

「ユカちゃんとか呼ばれてたんだろ、その図体で」

「やめてくださいって。……本当にやめたほうが、いいですよ」

由佳さんはうんざりしたニュアンスを含めてそう言った。さんざん言われて腹が立っていたのかもしれないが、それだけはない。

「やけに不吉な忠告に聞こえた」のだと千尋さんは言う。

確かにもうやめたほうがいい。周囲もそう思っている。今のご時世、『酔っていたから』でみんなが許してくれる空気など会社の飲み会にはないのだ。

でも——それ以上に、何か。

ただひたすら、由佳さんがうんざりしているのがわかった。

「ユカちゃんさあ」

「斎藤さん、本当にやめたほうが」

「なんだよ、言っちゃいけねえみたいな決まりでもあんのか。ユーカちゃん！」

その時だった。

「はぁい」

場にそぐわない、幼女の声が響いた。

鈴を転がすように甘く、あどけない。

幼稚園でのお返事——そんな言葉が頭をよぎった。

だが、ここは居酒屋だ。会社が終わったあとの遅い時間で、個室でもある。

勿論すぐ隣の部屋だってあるけれど、それよりももっと近くで聞こえた。

部屋が水を打ったように静まり返る。

言葉を失っている斎藤さんの隣で、由佳さんが吐き捨てるように言った。

「……だから、やめろって言ったのに」

由佳さんは、ため息とともに立ち上がって、頭を下げる。

「すみません、お先に失礼します。これまでお世話になりました」

引き止める人はなく、その後はぐだぐだに解散した。

翌日以降、由佳さんが来ないのは契約通りであるが、なぜか斎藤さんの様子がおかしくなったそうだ。

彼と仕事で組むことの多い営業事務の女性を一方的に「ユカ」と呼ぶらしい。彼女はまったく違う名前だし、あの送別会にも来ていない。

「妙に馴れ馴れしい感じで、『ユカ、これどうした?』とか言うんだよ」

ランチで一緒になった時、彼女は心底嫌そうにそう言った。

用件の内容はあっているけれど、やけに馴れ馴れしく、自分を誰かの代わりにされているようで気持ちが悪いと彼女は訴えた。

営業事務の彼女だけではない。千尋さんの同僚も、朝すれ違ったときに「おはよう、ユカ」と言われたそうだ。明らかに距離感がいつもと違ったという。

由佳さんにその件を聞いてみようとした男性社員もいたが、連絡先を誰も知らなかった。

じわじわと社内で斎藤さんの言動が問題になってきていたある日、彼は火曜日の午後三時頃に突然帰り支度を始めた。

「今日、外の用事ありましたっけ？」

営業事務の女性が聞くと、ごく当たり前のように斎藤さんは言った。

「いや、ユカが待ってるから」

幸せそうな笑みを残して会社を出た彼は、そのまま二度と会社に来なかった。

実家住まいだったが、そこにも帰っていないと聞く。

特に事件性があるとも思えない成人男性の行方不明はたいした捜査もされず、その後、会社は退職扱いになった。

斎藤さんの行方は、ようとして知れない。

アパートと未練

『家にいながら、世界中の街並みが見られる』

SF映画のような宣伝文句でウェブ上のサービスが始まったとき、私の働いていた会社でも話題になった。今も活用している人や楽しんでいる人は見かけるが、そのスタート時点での盛り上がりはすごかったように覚えている。

塚田さんの会社でもそうだった。プログラムを仕事にしていた彼の部署は、最先端のサービスの一例として、みんなでそれを見たそうだ。

丁度、忙しい時期ではなかった。刺激にもなるし、次に作るもののためにもなるという名目で上司も乗り気だったという。

海外の有名な観光地を少し見て、その後。

いちばん年下のバイトだった梶原くんのアパートを見ようと盛り上がった。共通して認識できる場所もあらかた見尽くし、みんなで見て楽しいところの候補が他になかったからである。

「えー！　プライバシーの侵害じゃないっすかぁ！」

梶原くんから抗議の声があがるも、本気で怒っているわけではない。

「本当に嫌ならやめるよ？」

塚田さんがそう言うと、「別にいいっすよ、押しかけてきたりしないなら」と笑った。そういうあっけらかんとしたところが梶原くんの良い所である。

梶原くんの住まいは、築四十年の古いアパートだと前から聞いていた。お金のなかった大学時代からの住処とあって見るからに古いが、だからといってお化けが出るわけでも、セキュリティが甘すぎるわけでもない。引っ越す前にリフォームは行われており、彼は自分の部屋を気に入っていると常々言っていたそうだ。

住所を元に塚田さんが追ったが少しブレて表示されたらしく、「いや右、そこを曲がって」などと梶原くんがナビをする。

「あ、ここっすわ」

確かに古いのかもしれない。が、塚田さんたちが思っていた築四十年のイメージとは随分違ったという。

「結構きれいじゃん、築年数わかんないよ」

「これで安いならいいですね」

一緒に見ていたメンツも、口々に梶原くんのアパートを褒める。

が、当の梶原くんは自分のアパートが画面に映ってから途端に無口になっていた。

塚田さんが少し画面を動かそうとすると、「待ってください」と彼が言った。

「ここに……誰かいませんか？」

「……そういや、女の子いるね」

一人が答えて、映り込んでいる人影にみんなが注目した。

アパートの入口の前。中に入るわけでもなく、両手を下げてアパートの二階を見上げる肩までの髪の女子高生が映っている。

このサービスでは人が映り込むことは珍しくないが、梶原くんは難しい顔をしていた。

「それ、なんですけど。彼女に似てるなって」

「彼女？　お前、彼女いたのかよ。それも高校生？」

「今はいないです。元カノっすよ、それも大学の頃の」

元カノが高校生だった時に出会い、彼女が梶原くんを追いかける形で同じ大学に入学した。交際は一年ほど続いたが、彼女の浮気が原因で別れたという。

そのあと彼女は大学を辞めた。新しい彼の実家がある鹿児島に引っ越して結婚したと聞いている。

経過が経過なので、詳しい話を梶原くんが知っているわけではない。だが、大学では共通の友人も多かったので、ちらほらと噂は聞いた。

子供ができたとか、それでいて旦那になった男は碌でもない男だったとか。

「梶原と付き合ってたときのほうが幸せそうだったよねえ」

女友達はそう言ったが、梶原くんにすれば、知るかよ、振られたのはこっちだぞ、という気分だったと言う。

けれど、画面の中にいたのは梶原くんと出会った頃の彼女だ。肩までの髪で、赤いマフラーをして、冬服の制服を着ている。

後ろ姿だけど、多分。いや、絶対。見間違えるわけがない、そのマフラーは梶原くんがプレゼントしたものだった。

「……いや、でもおかしいですよね。俺が大学一年とかで付き合ってたときの格好でいるなんて」

「別人じゃねえのか」

「うーん」

少し考え込んで、梶原くんは「まあ、やめましょうか」と言った。

彼女かもしれないが、本物は鹿児島にいる。死んだという話も聞かないし、あの姿のわけがない。

このサービスがそんな頃から記録されていたとは思えないので、彼女だとすると、やはり整合性が取れないし——彼女だとして、なにができるわけでもない。

画面に映り込んだ彼女からは幽霊だのなんだのといった雰囲気は感じられなかった。おどろおどろしいわけでなく、恨みがあるようでもなく、ただ昔の、梶原くんを好きだった頃の彼女のようで、それがいちばんキツいと梶原くんは後に言ったそうだ。


(もし、そのまま付き合っていたら)

そんなのは梶原くんのほうが言いたいことだった。


結局、なんとなく場が静まってしまい、解散してそれぞれの席に戻った。

その翌日、梶原くんは塚田さんに「引っ越すことにしました」と伝えてきた。

理由を聞くと、梶原くんは昨日の帰りにあったことを話してくれたという。

先ほど見た映像のことが頭に残ったままだった梶原くんは、仕事帰り、さっきの画面上で彼女が立っていた場所をじっと見た。
気のせいだったかもしれない。何もない場所にうっすら彼女が見えたという。

「あんちゃん」

その頃呼んでいた名前で彼女に呼びかけてみる。反応はなかった。
彼女はただ自分の部屋を見ている。

「怖かったっていうより、俺が居るから見てるんだったらしんどいなって思ったんです」

梶原くんは一カ月ほどで本当に引っ越してしまった。
あの頃を残すものは何もない。だからもう、彼女が一人であの部屋を見続けることはなくなったと思いたい。
梶原くんはそう言って目を伏せたという。

赤い橋

「引っ越してすぐのことだったからねえ、大変だったよ」

中河原さんは、娘のゆきちゃんが高熱で入院したときのことをそう振り返る。

ゆきちゃんは当時七歳。小学校での友達も多かったので可哀想にも思ったが、旦那さんの仕事の都合で仕方なく引っ越した。

新しい暮らしを始めた海沿いの地方都市はこれまで住んでいた町と勝手も違い、それもゆきちゃんが体調をした原因だったかもしれない、と中河原さんは言う。

市の中心部にある大きな病院に行ったものの、ゆきちゃんの高熱は原因がわからず、数日は入院して様子を見ることになった。

ほとんど知らない街。初めて行く病院。初めての入院。

母である中河原さんも不安なほどだったが、多少熱の辛さが引くとゆきちゃんは健気に笑顔で「大丈夫」と繰り返した。

入院して数日、点滴が取れて自由に立てるようになってからというもの、ゆきちゃんはよく窓辺から外を見ていた。

だが、窓の外はすぐ隣のビルの灰色の壁であり、ビルの窓はカーテンが締め切られていて、ちっともよい景色ではなかった。

なのに、ゆきちゃんはそれを見続ける。

入院の予定は短いとはいえ、この寂しい窓の外を見るのが嬉しいという我が子が可哀想に思えて、中河原さんはゆきちゃんが欲しがっていた本を差し入れもした。

しかし、ゆきちゃんはというと窓から外を見るほうが楽しいようで、ゆきちゃんが外を見るのは退院まで続いたそうだ。

順調に回復したこともあって、原因はわからないまでもゆきちゃんは一カ月ほどで退院することになった。

退院の当日、ゆきちゃんは病院の玄関で中河原さんを見上げて言った。

「今日は、赤い橋を通るの？」

（なんのことだろう）

中河原さんは「赤い橋」に心当たりがなかった。

病院から帰るときに、中河原さんはいつもバスを使う。だが、そのときに橋は通らないし、川すら渡った記憶はない。

「赤い橋は通らないよ」

中河原さんがそう答えると、ゆきちゃんは「そうなんだ……」と少し残念そうに言った。


退院したゆきちゃんは、自宅でも何度かその赤い橋のことを口にした。

――病院から見ていた。帰るのはあちらだと思った。

行ってみたい、と。

だが、中河原さんが地図を見ても、やはり町にそんな川も橋もなかった。

ある日、ゆきちゃんはクレヨンで赤い橋の絵を描き、中河原さんに見せてくれた。

その絵の中には川があり、砂利にも見える灰色の河原が手前に広がっている。

そこに、赤い太鼓橋のような和風の橋がかかっており、橋の向こう側は緑の丘になっている。

住宅地やビルは描かれていない。

病院の窓から見える景色にそんな場所はなかった。

「この、茶色はなあに？」

紙の四辺が茶色く塗られている。それについて中河原さんが聞くと、窓の枠なのだとゆきちゃんは言った。

木の窓枠ということだろうか。病室の窓の枠は普通のサッシで銀色だったはずだ。

更に、赤い橋の上には黒のクレヨンで一人の人が描かれていた。

子供が描いたものとはいえ、頭が妙に大きく、傾いている。強い存在感があった。

中河原さんは妙な不安を覚えたが、ゆきちゃんは自分が描いたその絵がお気に入りのようで、勉強机の正面に貼った。

人は、黒いクレヨンで塗られているだけだ。けれど、目がないのにじっと見られているような感じがして、中河原さんには不気味だったそうだ。

数日後、ゆきちゃんが寝てしまった深夜に帰宅した旦那さんが廊下で「うおっ」という声をあげた。

どうしたのかと中河原さんが見に行くと、顔色の悪い旦那さんが中河原さんに伝えるかどうか迷いながら言った。

「いま、そこに黒い人みたいなのがいて、すれ違った」

沈黙が流れる中、玄関の扉が開いて、閉まる音がした。

慌てて見に行ったが誰もいない。鍵もチェーンもかかったままだ。

家中を探したが、人が入った形跡もない。

警察には通報しなかった。

ひとつだけ変わったことがあって、そのときを境に中河原さんは例の絵の人影に妙な存在感を感じなくなったそうだ。最初からただの絵なのに、〈ただの絵になったような〉気がしたという。


それでもその絵が怖かった中河原さんは、ゆきちゃんに後ろめたさを感じながらも次のゴミの日に出してしまった。おばけが怖い、というよりは危険から逃げるような気持ちだった。

娘に悪いと思う中河原さんに反して、当のゆきちゃんはそれ以降その絵のことはほとんど気にせず、赤い橋のことも口にしなくなった。

そのまま数年が経ち、台所に立っていた中河原さんは、中学生になったゆきちゃんに不意に聞かれた。

「お母さん、私が入院したとき、あの病院の周りに橋なんてあったっけ？」

その日、友達と駅前に遊びに行ったゆきちゃんは偶然、病院の近くを通りかかり、突然フラッシュバックするように赤い橋の景色を思い出したのだという。かといって、その赤い橋やその橋がかかる川を見たわけではない。ただ思い出しただけである。

ゆきちゃんは、「昔は無性に向こう側に行きたかった」が、今となっては「きれいだけどあっちに行きたくない」と言っていたそうだ。

見つけて吠える

「私ね、幽霊とかたまに見えるんだ」

親戚のお兄さんの恋人だった夏奈さんは、幼い私に小さな秘密をばらすように教えてくれた。

趣味は泳ぐこと。塩素で茶色くなったパサパサのショートカットの夏奈さんは性格も明るく、夏になれば真っ黒に日焼けする。当時私が思っていた「霊感がある人」とはまるで違った。

親戚の家に遊びに行くと、そちらの家族と一緒に私を迎えてくれる彼女はたまにそんな話をしてくれた。

「少し前に挨拶した近所のおじいさんが本当は一カ月以上前に亡くなっていた」とか、幽霊の話もあればそうではないものもあり、私はそれをちょっと怖く思いながらも楽しみにしていた。

その夏奈さんが小さい頃の話だ。

とはいえ、夏奈さん本人は覚えておらず、夏奈さんが彼女のお母さんから聞いた話になる。

なぜかというと、夏奈さんが眠っている間の話だからだ。


ある夜、お母さんは異様な気配に目を覚ました。時計を見ると深夜二時を過ぎている。

静かなまま、部屋の空気は淀んで重苦しい。

異様な気配の元はすぐにわかった。

豆電球の灯りの下、隣で眠っているはずの夏奈さんが四つん這いで布団の上にいた。

「どうしたの」と声をかけようとしたが、そのときお母さんの中に強く思い浮かんだことがあった。

――寝言に返事をしてはいけない。

寝言に応えると、夢の中から帰ってこられなくなるという話を思い出したのだった。

厳密にはそのときの夏奈さんが「返事を求めるような寝言を言っていた」わけではない。

夏奈さんはパジャマのまま、四つん這いで布団の上にいた。そして、子供とは、というよりも人間とすら思いがたい声で低く唸ると、お母さんに向かって、「吠えた」のだそうだ。

犬の声だったという。

夏奈さんは、そこから四つん這いのまま部屋を出た。部屋だけではない。更に玄関も出た。お母さんは夏奈さんを途中で起こさないように、ただ黙って後ろをついて行ったという。月のない春の夜、外はまだ肌寒かった。桜の季節に親子で「きれいだねえ」と言って歩いた道は、その記憶とはまったく違う姿を見せている。

四つん這いのパジャマの少女と、寝間着に上着を引っかけただけのお母さん。

もしその姿を見かけた人がいたら、別の怖い話になったのではないだろうかという取り合わせだが、都内とはいえ彼女の自宅の周りは深夜に人通りはなく、幸い、誰ともすれ違うことはなかった。

夏奈さんはパジャマが汚れるのも動きにくいのもまったく気にしない様子で角を曲がった。そちらは普段はあまり行かない道だ。だが、前を行く夏奈さんに迷いは見えない。

彼女が目指していたらしい終着点と思しき場所は、河原だったという。その木陰、彼女はひとつの場所で先ほどと同じように「吠えた」。そして小さな手で、柔らかい土を掘り返した。

お母さんは、それもまた黙って見ていたのだという。

まだ浅い土の中に、白いものが見えた。小さい何かの骨だったそうだ。夏奈さんはそれを掘り出して手にすると、かくん、とその場で眠りに落ちた。お母さんはそんな夏奈さんを抱き上げると、起こさないまま部屋に連れ帰ったらしい。

翌日、夏奈さんは普通に起きて普通に暮らした。一度きりの出来事で、夏奈さんは中学生の頃にこの話を教えてもらったそうだ。

「あなたはそういうところがあるから、気をつけなさい」

そう言われても、何を気をつければいいのかもわからなかったという。

ここまでの話は、すべて「夏奈さんがお母さんから聞いた話」で夏奈さんに真偽はわからない。

だが夏奈さんの家には、あるときからずっと鳥らしき小さな骨が置かれている。お皿に載せられ、仏壇の隣の棚の上に無造作に置かれているそれは、その日に持ち帰った骨なのだと聞いている。

「記念にとってある」というお母さんの気持ちは、夏奈さんにもわからないという。

戦場の島のプリン

大学生の頃、祐介さんはよく知らない人たちと旅行に行ったことがあるという。

「最初に誘ってくれた桂先輩は俺も仲良かったんだけど、本人がドタキャンしちゃって」

実家の母親が倒れたと言われれば仕方ない。

新宿駅の待ち合わせ場所には三人の男性がいた。顔だけは学校で見たことがあったものの、三人ともほとんど初対面で学年も上だ。それどころか、旅行を言い出したのが桂先輩なこともあり、その三人もあまり親しくはないようだった。

(気も遣いそうだし、嫌だな)

靄のようにうっすらとそう思ったが、それは祐介さんだけではなかったようだった。かといってここまで来てドタキャンも難しい。どこか居心地悪い空気のまま箱根の温泉宿に向かったそうだ。

だが、桂先輩が安値で予約したという旅館は予想した以上によい宿だった。

「温泉気持ちいいですね」

「この豆腐美味しい」

そんな他愛はないが差し障りもない会話がなんとなく成立し、夜には遠藤先輩という三年生を中心に僅かだが打ち解けていたという。

夕食を食べ終わるとやることもなく、みんなでテレビを見るともなく見た。テレビでは、海外の島のドキュメンタリー映像が流れていた。有名な島ではない。少なくとも祐介さんはその島の名前をそのとき初めて聞いたそうだ
その島では激しい内戦があったらしい。誰かのハンディカメラで撮影されたのだろうか、かろうじてカラーではあるというような粒子の粗い映像が淡々と流れていた。

内容的に、温泉宿でくつろぎながら見るにはシリアスすぎた。だが他の提案も面倒で、祐介さんは半分くらいケータイで時間を潰しながら見るともなく見ていた。

そのときだ。遠藤先輩が「あれ？」と言った。

「今、桂が映ってなかった？」

メールの返事をしていた祐介さんは気づかなかった。他の二人も似たような返事だ。

遠藤先輩は「見間違いだったかな」と呟いた。

なんとなくテレビが気になっていると、遠藤先輩が「ほら！」と画面を指差す。このときは祐介さんにも、他の二人にも見えた。

カメラから離れた木の下。画面左奥に、赤いTシャツを着た桂先輩がぼんやりと突っ立っている。赤いTシャツは桂先輩がよく着ているものと同じに見えた。そして男性は桂先輩の特徴ともいえる、いわゆるプリン頭だった。

勿論、映っている兵士も町の人もそんな状況ではない。

銃声。語尾を鋭く切る異国の怒号。何年もこの国は戦っているという説明の通り市民の姿も疲れており、観光客の姿など他にない。だからこそ、赤いTシャツもそのプリン頭も違和感が強かった。

画面のアングルが替わり、もう一度替わって先ほどの場所に戻る。そこにはもう桂先輩の姿はなかった。

「……俺、桂に連絡してみるわ」

細い糸を張ったような緊張の中で、遠藤先輩が言った。祐介さんも含め、みんな頷いた。

ケータイで呼び出す間の静寂に、テレビのナレーションが「先ほどの映像は六年前のものです」と説明を加えた。余計に何かがずれていく。確かに桂先輩に見えたが、本物の桂先輩なら六年前は十五歳くらいのはずだ。それに、桂先輩は大学一年のときに髪を染めたと聞いている。

居心地の悪い空気の中、遠藤先輩の声がした。

「あ、桂？　いや、なんもない？」

遠藤先輩は祐介さんたちを見て、安心させるように頷いた。

「なんでもねえよ。みんなで適当にやってるから大丈夫。お前どうしたかなって……なんもないならいいし。忙しいときに悪かったな。……じゃあな」

電話を切った遠藤先輩によると桂先輩は自分たちに告げた通り実家に帰っており、倒れたお母さんもたいしたことはなかったらしい。突然の電話に驚いたものの、いっそ旅行先で何かあったのかと心配してくれたそうだ。

「みんなに、悪かったって伝えてくれってさ」

そう言いながら遠藤先輩はリモコンに手を伸ばし、戦闘が激化して銃声が激しくなっていくテレビの電源を切った。

——もう一度、桂先輩を見てしまう前に。

翌日の帰りがけ、四人はこのことを桂先輩には言わない約束をした。あまり盛り上がらなかっただけでなく、どこか狐につままれたような旅になってしまったため、遠藤先輩たちとはそれ以降も挨拶をするだけのような付き合いだったそうだ。

それも、先輩たちが大学を卒業して自然と途絶えた。

一方で桂先輩との親交はあの一件の後も続いたが、先輩は就職先も決まった大学四年の夏に突然「旅行に行ってくる」と言ったきり、夏休みが明けても大学に戻ることはなかった。

その行き先が海外なのか、あの島なのか、祐介さんは知らない。

「送るね」

「霊感がない話」で盛り上がることがある。私は自分に霊感がなくてよかったと思っているが、あるのもまたひとつの才能のようなものだ。どちらが上でも下でもなく、けれど見えない人には見える人の世界はわからない。

早苗さんもまた、霊感のない人だった。ある時期までは幽霊の存在を信じてもいなかったという。

「だって出てき方バラバラすぎん？」

死んだ後の姿で出てきたり、生前の姿で出てきたり、人魂、影、オーブなど、統一されていないことが信じないひとつの理由でもあったそうだ。

二十代の頃、本人曰く「今よりイキってた頃」に職場の女性数人だけの飲み会でそんな話になった。元々は一人の子が幽霊をよく見るという話で、早苗さんはその城崎さんという女性につっかかってしまったのだという。

その場の勢いも、お酒の勢いもあった。それに加えて、早苗さんはお祖母さんが闘病の末に亡くなったばかりだった。交通事故の被害者が死んだときのままの姿で出てくるのなら、祖母もその姿でいなきゃいけないのか。そう思うとヒートアップしてしまったそうだ。

「それは、その時に言ってないからこっちの都合だけど」

ただ、そのときは強めの語気で言ってしまったのだという。――じゃあ死んだらどうなるの、と。

「今になれば、幽霊が見えるからって『死んだらどうなるか』を知ってるわけじゃないってわかるよ。死んだことがあるわけじゃないんだし」

実際、早苗さんの質問に城崎さんは答えられなかった。そこから話題は変わったが、気まずくなった空気は戻らないまま解散した。


――自分が悪かったかもしれないが、城崎さんも悪かった。

後味の悪い気持ちを抱えながら夜道を歩いていると、ケータイが震えた。

メールかと思って開いたが、違う。非通知通話だった。

「もしもし」

まあいいや、とそのまま出ると、ノイズ混じりの音が聞こえた。声も遠く、よく聞こえない。

（なんだっての、そっちからかけてきたのに）

苛立ちながらもぼそぼそ言っていることを聞き取ろうとすると、一言だけはっきり聞こえた。

「送るね」

城崎さんじゃん、と思ったそうだ。

「でも、さっきだってそんなじゃなかったってくらい冷たいトーンだったから」

感情が抜け落ちたようなあまりにも平坦な声に少しだけ動揺した。それに、普段はお互いに敬語だ。

「そもそも電話番号教えてないし、電話だと声ってちょっと違って聞こえるでしょ。なのに城崎さんだってはっきりわかるなんてよく考えるとおかしいんだけど」

とにかく城崎さんだった。確定事項のように。

「送るね」というメッセージもまったく早苗さんの返答など聞かない言い方だった。実際、それきり電話は切れた。

電話番号もメアドも、今日いた他のメンバーに聞けばわかる。だから、早苗さんが思ったのは「心霊写真でも送ってくるのかな」ということだったそうだ。城崎さんの話の中に丁度そんなものもあった。

だが、すぐに「違う」と思った。鳥肌が立ったのだという。

「具合が悪くなったときみたいな感じ」

誰かに見られている。一人ではない。そこらじゅうに気配がある。さっきまではなかったものだ。

（いやいやいやいや）

繰り返し否定する。そんなところ誰もいるはずがないというところからも視線を感じるからだ。例えば、壁しかないところとか。

足を止めてはいけないと思って、早苗さんは家までの道を急いだ。根拠はないが、家まで帰れば安全だと思った。

家まであと少しというところで、数メートル先に知らない男が立っていることに気づいた。歩いていない。立ち止まっている。

さっきまではいなかった。いたなら気がつかないわけがない、こちらを向いて立っているなんて目立ちすぎる。そもそも服が浴衣みたいなものだ。めちゃくちゃ目立つ。季節は冬に近い秋だった。

男は、その場で左右にゆらゆらと揺れていた。「欠けていた」という明確な記憶はないが、なぜか鼻より上のことはひとつも覚えていない。口元が歪んでいる。嗤っていた。

早苗さんはとうとう立ち止まってしまったそうだ。

「……ご」

ごめんなさい、と言いかけて早苗さんはやめた。自然に謝りかけたが、何に謝るのだ。謝るとしたら城崎さんにだろう。この知らない男にではない。

ふと、震える手で握っていたケータイの明かりに気づいた。先ほど切れたはずの通話時間の数字が小さな画面で増え続けていた。

はっとして通話を切る。その瞬間、空気が変わったそうだ。

いつもの路地。男は消えていた。

「珍しくほっとして泣いたもの。誰かすれ違ったら、逆に怖かったんじゃない？」

（あれが、彼女たちには見えてるのか）

早苗さんは怖かったことを思い返すと、その生きづらさを考えてしまったそうだ。

それ以来、つっかかったりはしないという。

「結局、それは城崎さんがしたような感じなんです？」

霊感があるからって、人に幽霊を送るようなことができるのだろうか。

早苗さんは、否定も肯定もしなかった。

「それがさあ、彼女はそのときカラオケですごい遊んでたんだって」

その日、早苗さんにきつめに言われてしまったことで凹んだように見えた城崎さんを気遣い、何人かが彼女をオールでカラオケに誘った。そこで城崎さんと同じアイドルを好きな人がいたことから、先ほどまでのことが嘘のように城崎さんは楽しそうにしていたそうだ。

「だから彼女がやった、ってことはないと思う」

けれど、それ以来、早苗さんは幽霊というものの認識が変わったのだという。

「そのあともう楽しくなってても、最初はめっちゃムカついたとか傷ついたとかあったと思うんだよね。さっきあったのは本当なわけじゃん。なんかそーいうの、残ることもあんのかなって。ちょっと前までいた人の強い香水みたいな」

わかんないけどね、と早苗さんは言う。

城崎さんとは未だに同じ職場で随分仲良くなったというが、電話がかかってきたのも本人には言っていないそうで、「蒸し返したくないから紹介できない、ごめん」とのことだ。

『存在しない鈴木』

さくらさんは、大手アパレルショップで働いている。

接客は勿論だが、多数の段ボールに詰められた商品を並べるのも仕事のひとつだ。並べるだけではなく、売れなかったものや備品を詰めて送り返すこともある。

「だから、段ボールは本部といくつかの店の間を循環してるんですよね」

送り先は客先ではなく社内なので、古くなるまで使い回すという。


その日、さくらさんは品出しのためにバックヤードで探しものをしていた。

ドアひとつ隔てたところは明るく賑わったショップで、だからこそ薄暗いバックヤードは静かで寂しい。

そこに積まれた段ボールから子供用のスウェットを探す。段ボール箱にマジックで書かれていることや、メモ書きして貼られているものが目印だ。

『キッズ・ハンガー』

『アダルト・ボトムス・S』

それらを見ながら目当てのものを探していると、奥にあるひとつの段ボールが目に留まった。

使い古された茶色の側面に、黒いマジックで直接何か書かれている。それを見てさくらさんは手を止めた。


『存在しない鈴木』


書いてあるのはそれだけだ。

この店舗に鈴木さんという店員はいない。さくらさんはシフト管理の手伝いもしていたので、店員の名前は覚えている。ここ何年もこの店に鈴木さんはいないはずだ。

だが、本部や他の支店にはいてもおかしくない。この段ボールはぐるぐると循環するのだし、よく聞く苗字でもある。だから鈴木さんがどこかに存在するのは不思議でも何でもない。

ならば、『存在しない鈴木』とはどういう意味なのか。

そんなメモ書きはなぜ必要なのか。存在しないなら、書く必要もない。誰から誰へのメッセージなのか。


気になったさくらさんは、中身を見てみることにしたそうだ。

まず、上に置かれている段ボールを隣へどかす。

そして直接持ち上げようとしたが、思ったよりも重そうな手応えがあったので手前の段ボールも多少ずらした。

件の段ボールに改めて手を伸ばす。

——やはり、重い。

引き出そうとして動かすと、ごろん、と棒状の何かが中で転がる感じがあった。見えていないのに、腕のイメージが頭を過ぎった。

蓋が閉まったままの箱の上には宅急便の宛名が貼りっぱなしになっていた。半年ほど前に本部からこの店に送られてきたようだ。

ならばこの段ボールは、半年間ずっとここにあったのだろうか。そこまでの広さではない店で、何度も品出しをしている自分がこの段ボールに気づかなかったのは奇妙に感じた。

ビリリ、という音とともに、上に貼られた粘着テープを剥がす。

カビの臭いがした。まるで、人が居なくなってから何年も経った家屋のような臭いに、口元を押さえたという。

「あっ」

急に後ろから声がして、さくらさんはびくりと振り返った。ドアのところに最近入ったばかりのバイトの女の子がいた。

目の前のことに集中しすぎて、彼女がドアを開けたのには気づかなかったようだった。

あまり話をしたことのない彼女は目を丸くして、さくらさんを見ている。

「……開けちゃったんですか、それ」

「えっ、なんで？」

さくらさんが聞き返すと、彼女は少し迷ってからそのまま一歩下がった。

「いえ、なんでもないです」

それだけを言うと、恐らくバックヤードに何か用があって来たのだろうに、そのまま踵を返した。

その後すぐに彼女は辞めてしまったので、さくらさんはその言葉の意味が今でもわからないそうだ。

「結局、中身は何だったんですか？」

私が聞くと、さくらさんは「信じてもらえるかどうかわからないですけど」と前置きしてから言った。

「何も入ってなかったんですよね。あのとき重かったのは確かなんですけど。でももう使いたくなかったし、底が黒っぽくなっていたのもあって商品が入れられないことにして段ボールは捨てました」

バックヤードのカビの臭いも翌日にはなくなっていたそうだ。

さくらさんは本部の知人にさりげなく鈴木さんという人物に心当たりがあるか聞いたが、結局わからなかった。

そしてなぜかその後、店長はバックヤードへはできるだけ一人で行かないよう通達した。その理由をさくらさんは知らないが、あえて聞かないまま決まりを守って、今もそこで働いている。

金木犀の香り

香水をつける人は、ＳＮＳの普及によって一気に肩身が狭くなったように感じる。確かにつけすぎだろうと思う人はいるし、香りそのものが苦手な人にとってはきついのだろう。だが「そこまで言わなくても」というほどの論調を見ることもある。

「そんな時代でなかったなら、そこまで困らなかっただろうけど」

そう言って、岸辺さんはかつて仕事の部下だった杉本さんの話を聞かせてくれた。

岸辺さんが覚えている限り、アルバイトの杉本さんは、あっさりとした服装の男性だ。服装が自由な会社だったこともあり、夏はシンプルなＴシャツにジーパン。冬はそれにフードつきのトレーナーを重ねるといった具合で、本人もファッションには特に興味がないと言っていたそうだ。

無口だが真面目で、仕事の手際もよかった。

にもかかわらず、杉本さんのことを一部の女性社員が苦手としていると聞いて、岸辺さんは仲の良い同期の女性に詳しく聞くことにしたのだという。

「だって、彼の香水キツすぎない？」

二人しかいない休憩室で、特に隠すことなく彼女が言った言葉は、岸辺さんがまったく予想していなかった内容だった。

「あいつ、そんなのつけてる？」

「いつもすごい強いのつけてるでしょ。詳しくないからどこのかとかわかんないけど、甘い花の匂い」

気づかないなら岸辺さんの鼻が心配、とまで言われてもう一度考えてみたが、やはりそんな覚えはない。

岸辺さんは、席もその女性社員より杉本さんに近い。時間があえば昼食を一緒に取ることもある。それなのに気づかないなんていうことがあるだろうか。

どうにも解せなかったが、それは杉本さんを苦手とする彼女たちの共通の見解なのだという。

「他は別に文句はないけど、そのためにわざわざマスクしてきてる子もいるし」

とにもかくにも、岸辺さんが思っているより彼女たちの中ではずっと大きい問題だということだけは把握した。


翌日、岸辺さんは杉本さんと一緒に昼食を取った。そのときに昨日の会話の内容を思い出して気にしてはみたのだが、やはりそんな匂いはしない。

岸辺さんは思い切って聞いてみることにした。

「杉本さんて、香水つけてる？」

「……えっ、岸辺さんには匂いがするんですか？」

杉本さんからの返答も、やや想像と違うものだった。

つけているなら「つけている」だし、つけていないならそのように言うだろう。

仕方なく、少し遠まわしに聞いてみる。

「杉本さんが香水つけてるって聞いたけど、俺は匂いがわかんないから」

すると、杉本さんは麻婆丼を食べながら頷いた。

「ですよね。岸辺さんはしないですよね。俺もです。いつも通りですけど。……でも、その人たちには匂いがするんだと思いますよ」

杉本さんは、香水をつけていない。買ったことも貰ったこともないし、それに類する甘い香りのものを身につけてはいないという。

だが、ある時期から杉本さんは女性に「香水くさい」と言われるようになった。直接言われることもあったし、今回のようにそれが理由だろうかという嫌がられ方のときもあったそうだ。

思い返してみると、最初に言われたのはお姉さんが事故で亡くなった直後だった。

杉本さんのお姉さんは香水が好きだった。あまりよいきっかけではなく、小学生の頃に同じクラスの女子たちに「くさい」と言われていじめられたのをずっと気にしていて、成長してからはその仇のように強い香水を好んだ。

杉本さんによれば、本当にひどい臭いがしたという事実はおそらくなく、単にいじめの一環だったようだが、お姉さんがいちばん気にしていたのはずっとそのことだったという。

それ以来、彼女は学校に行くのを苦手にしてほとんどを自宅で過ごし、いざ外に行くときには家族でさえつけすぎではと思うほどの香水を——彼女が言うには金木犀の香りをつけていたそうだ。杉本さんも覚えている。甘い香りだった。

高校生くらいの女の子が強い香水をつけるのは、当時でも風当たりはあった。

だが杉本さんも含め、それまでの経過を知っている家族は止めることもできなかった。

その香水と、ブレーキを切り損ねた車がお姉さんの歩いていた道に突っ込んできて即死した事故とは関係ない。

事故と杉本さんも、関係はない。

けれど、それ以来杉本さんからは金木犀の香水の匂いがすることがあり、それは女性にだけひどく強く感じられるそうだ。

「俺、本当は料理人になりたかったときもあったんですよね」

麻婆丼を食べる手を少し止めて、杉本さんはぽつんと言った。

けれど「香水をつけてくるな」と言われて料理のバイトは諦めた。今となっては夢も、その匂いがなくなることも諦めているという。

杉本さんは姉に憎まれる覚えはないという。これが死んだ姉の意図だとしても、何がしたいのかわからない。

「まあ今の仕事も好きですし。この業界は女性少ないから、まだ気が楽です。多分その人たちからすれば本当に匂いはしてて、だったらもう仕方ないと思うんで。……なんか、気ぃ遣わせてすいません」

そんな話を全員にするわけにもいかない。岸辺さんの周囲へのフォローもむなしく、杉本さんは「香水をつけすぎている男」として仕事をしていたが、ある日ふらっと会社を辞めてしまった。手続きや引継ぎなどはちゃんとしていたが、理由はよくわからないままだという。

いなくなった彼のデスクの引き出しを開けたとき、女性たちは「こんなところまで香水くさい」と言ったが、やはり岸辺さんにその匂いはまったく感じられなかったそうだ。

数年後、岸辺さんが偶然通りがかった公園で甘い香りがした。木の名前など知らなかったが、近くのオレンジ色の花が咲く木に、「キンモクセイ」と書かれた看板がかかっていた。

「やっぱり、杉本さんからその匂いがしたことなんてなかったよ」

嗅いだことのない香りと、顔も知らない彼の姉に、妙に腹が立ったと岸辺さんは言った。

箪笥の赤い鬼

優しい夫にかわいい娘。そんな毎日の中、菅野さんはひとつのことにひどく困っていた。真夜中になると悲鳴とともに五歳の優亜ちゃんが泣き出す。それも尋常な怖がり方ではない。

娘の優亜ちゃん曰く、「鬼」がいるのだと言う。だが同じ部屋で寝ている菅野さんは鬼はおろか、お化けの類も見たことはなかった。

そんな矢先、優亜ちゃんと図書館に出かけた菅野さんは信じられないような光景を見た。大人の菅野さんでも怖いような、鬼の出てくる絵本を優亜ちゃんが読んでいたのだ。子供用だというのに、デフォルメの少ない怖い鬼。棍棒を持った大男だった。

——自分が目を離している間に、娘はこんな絵本を読んでいたのか。

自責とも、怒りともつかない感情が菅野さんの胸に沸いた。

だが、優亜ちゃんはそれをぱたんと閉じると、帰りがけには平然とこう言ったそうだ。

「あれは、鬼じゃないよ」

優亜ちゃん曰く、鬼は女の人だ。

鬼は赤い服を着ている。鬼は角が生えている。鬼は怒っている。

鬼は優亜ちゃんの家にしかいない。夜にしかいない。

優亜ちゃんと菅野さんが寝ている部屋の——箪笥の中にいる、のだという。


当時、菅野さん一家が暮らしていたのは夫が小さい頃から暮らした古い一軒家だった。

義父と義母は彼が大学の頃に事故で亡くなった。それ以来独り暮らしをしていたところに菅野さんと結婚し、優亜ちゃんが生まれた。

家具や家電も使えるものはそのまま使っていた。そんなに裕福ではなかったので随分助かったという。

件の箪笥もその中のひとつで、その家に元からあった。木の五段の箪笥である。

部屋の奥に置いてあり、季節ごとに着なくなる服を仕舞っていた。何かが引っかかって開かない一番下の段には手をつけていない。他にも収納はたくさんあった。

そのとき菅野さんと優亜ちゃんが眠っていた部屋は、義父も義母も使っていなかったそ義姉の部屋だったのだという。

彼の姉に菅野さんは会ったことがない。夫と出会った頃、彼女はもう亡くなっていたからだ。

夫に優亜ちゃんが見た鬼の話をすると、彼は自身の生まれ育った家なのに、やけにすっぱりと言ったそうだ。

「引っ越そう」

賃貸でもなんでもいい。今の会社への通勤時間も長い。持ち家は将来お金を貯めてなんとかしたらいい——。

箪笥と、赤い服という言葉が出た途端、夫はすぐに引っ越しを提案した。

「それで優亜が怖がるのがおさまるなんて限らないのに」

菅野さんは、彼の家とはいえ賃料のない一戸建てに未練もあったという。

だが夫はこれまでにない強硬な姿勢でさっさと計画を進め、勢いのままマンションに引っ越した。

結果、優亜ちゃんが夜に怖がることはなくなったそうだ。

引っ越しのときに箪笥は捨てた。ごく一部の家電を除いて、収納や家具の多くも捨てた。

後に夫に義姉について聞いたところ、彼女は自殺したという話だった。

詳しく聞こうとすると夫はなぜか「俺は悪くない」と言い、菅野さんはその話を深く聞くことをやめた。

優亜ちゃんは高校生になった今も赤い服を嫌がる。この頃のことについては家族で暗黙のようにあまり触れないことになっているが、

「絶対に角が生えてた」

それは間違いないと言ったときの優亜ちゃんは、未だに怯えているように見えたという。

勘が悪いひと

私より十歳ほど年上の長沼さんは、自称「勘が悪い」人だ。

「タイミングも悪いんだよねぇ。前職で長期出張に出たときもそうだったけど」

確かに子供が生まれてすぐの急な辞令は、タイミングが最悪だった。

彼の奥さんは関東以外で暮らしたことがなく、実家の近くのほうが安心だと言うので、長沼さんは単身赴任をすることになった。

会社が紹介してくれたのは古いワンルームを改装したアパートで、家具や電化製品はひととおり備え付けてあったが、どこかハリボテのような部屋だったという。

仕方ないこととはいえ、毎日の仕事と慣れない土地での独り暮らしで長沼さんの疲労は日に日に蓄積されていった。

特に、唯一の安らぎになるはずだった奥さんとの電話がだんだん素っ気なく聞こえるようになり、娘の成長報告も多くはなく、長沼さんには堪えたそうだ。

「でも、離れて辛いのは奥さんも一緒なはずでしょ」

そう思って耐えたのだという。


徐々に弱っていく中、それは長沼さんのアパートに現れた。

何度寝返りを打っても眠れずにいた真夜中、ふと部屋の隅に違和感を覚えた。視線を感じて振り返ると、部屋の隅に男が立っていた。

(嘘だろ……)

まるで合成されたように、男が立っていた。恨めしげな、覇気のない目で長沼さんを見ている。

お化けなど見たことがなかった長沼さんだが、怖いと思うと同時に「この部屋に出ると言うことは」と考えてしまったそうだ。


というのも、これまでもこの部屋には同じ会社の人が入っていたと聞いている。

「同じように辛かったのかなって思うとさ」

突然現れた年の近い幽霊に対して、恐怖と同時に謎の共感というか、同情の気持ちを持ってしまったそうだ。

「この滅入る状況で、それが原因だかきっかけだかも知らないけど、死んでしまったのかなって」

実際、長沼さんも家族と離れて暮らすことと激務で疲れ切っている。

男は、部屋に姿を現したものの、長沼さんに何をするわけでもなかった。気がつくと、長沼さんは眠ってしまっていた。

「夢だったのかもしれない」

そう思い、翌日も仕事に出かけた。


だが、それからもたびたび男は現れた。いつも同じ男だが、やはり何度考えても見覚えがない。

男は鼻のところに大きなほくろがあり、それが特徴的だった。ぼやけもせず、それがわかるほどはっきり見えていたという。知っている人ならその特徴を覚えているだろうと思うと、やはり「知らない人」だという認識は強くなった。

そんな中、奥さんの電話は夜だというのに繋がらないことさえあるようになった。けれど、子育てで忙しいならば仕方ないと自分に言い聞かせた。

「結局、お化けとそのまま一緒に暮らしたようなもんだよ」

幽霊がでるという実害も、たまに夜中に目が覚めてしまう以外は特にない。何もしてこないどころか近づいても来ないので、いつしか怖さも薄まってしまった。

職場と密接に関わった社宅で突然「幽霊がでる」などと騒いで問題を起こす気にも、お祓いだのなんだのに金を掛ける気にもなれなかった。どのみち一年という期限付きなのだ。

当時の長沼さんにとって、問題の優先度なら、仕事、家に帰れないこと、奥さんの電話のほうがよほど大きく、幽霊のことは深く考えずに毎日を過ごした。

出張は一年という約束だった。その期限までもう少しというある日、男は初めて表情を変えた。

笑ったのだという。笑ったとはいっても、まるで、長沼さんを敗者として嘲笑うようなひどく厭な笑顔だったそうだ。

なんでだ、と思った。仕事は軌道に乗り、帰る予定も日付まではっきりと決まっている。

ここでなんらかで死んだのかもしれない男に、そんな顔をされるいわれはない。

「そう考えたときに、初めて自分は相手の状況を勝手に考えて見下して同情してたんだなあと思ってちょっと厭になったけど」

ただ、同時に初めて心に引っかかった。

本当に彼は、この部屋で死んだのだろうか。少なくとも事前の説明はなかった。会社でも、地元の社員と随分打ち解けたが、そんな話題を聞いたことはなかった。


長沼さんの予想は、結局大はずれだった。それがわかったのは、出張自体は無事に終わって自宅に帰ったときだ。

その日までほとんど電話連絡はつかず、メッセンジャーアプリでのらりくらりと気のない返事をする奥さんに帰宅時間を告げていたが、結局意味はなかった。

奥さんはもう長沼さんの購入した家にいなかった。子供を連れて浮気相手の男の家で同棲していたという。

「そりゃあ、目の前が真っ暗にもなるでしょう」

自分を置いての（奥さん自身が残ると言ったはずなのだが）長沼さんの出張という精神的負担を彼女は後ほどその理由に挙げた。

結局は離婚することになったのだが、写真で見せられた相手の男にはほくろがあった。

アパートに出たあの男だった。

そこで初めて、長沼さんはあのときの男の表情に納得がいったそうだ。もっとも、写真の中の彼はもっと生気にあふれていたそうだが。

「ほんと、俺は勘が悪いんだろうねえ」

「でも、わからないでしょう。会ったこともないんだし」

「そうだよねぇ」

奥さんに引き取られた娘だけは心配だが、裁判などで戦う気力もなかった長沼さんは、離婚してからは独り身で生活している。

次に幽霊らしきものを見たらもっとしっかり対処しようと思っているが、それ以後一度もそういうものに出くわしてはいないそうだ。

逆スポットライト

（――やっぱり、東京は明るいなあ）

数年前の飲み会の帰り道、麻穂さんは深夜にも拘わらず点いている灯りにしみじみそう思ったという。

麻穂さんは東北の出身で、地元の夜は真っ暗だったそうだ。

ぽつ、ぽつ、とまばらに民家や自販機はあったものの、怖いほどに暗かった。実際、不審者も出ればイノシシやクマの話もあり、駅も遠かったため、親に車を出してもらうことが多かった。

それに比べ、東京の道は「どこかは」明るい。仕事で帰りが遅くなって日付が変わった時にも、何分の一かの窓には明かりが点いていて、コンビニなどが夜中もやっている。

「東京は暗いところも、まだ明るいっていう感じ」

少なくとも、麻穂さんが暮らした地域はそうだったという。

その日の麻穂さんは最寄り駅ではなく、違う路線の駅から帰っていた。

そちらからでも十五分も歩かずに着く。

だが、その途中やけに一箇所「暗い」ところがあった。

「スポットライトで、丸く明るくするでしょ。あれを逆にしたみたいって言うか」

明るさを足したり引いたりしていない暗さなのだという。

そこが不自然に暗いのは少し遠くからでも見て取れた。だが、その周りを見てもなぜそうなっているかはわからなかった。

多少不思議に思いはしたものの、周りに人通りがないわけではない。前を歩いているサラリーマン風のスーツの男性もいれば、車通りもあり、怖くはなかった。いざそこを通るときには避けようかと思うくらいだったそうだ。

そこにさしかかるのは前を歩くスーツの男性が先になる。麻穂さんは彼がどうするのかを見ていた。

灰色の背中が暗い円にさしかかる。

と、彼はびくりと硬直し、その後でしゃがみ込んだ。

驚いた麻穂さんは足を止めた。先ほどまでスーツの男性はごく普通に歩いているように見えた。酒に酔って千鳥足ということもなければ、具合が悪そうということもなかったはずだ。

どうしよう、と焦った麻穂さんより先に、反対側から来たジョギングの夫婦が彼に声を掛けた。

「大丈夫ですか?」

落ち着いて声を掛ける夫婦に、スーツの男性は「ぐ、ぐ」というような意味をなさない呻き声をあげている。辛そうに胸を押さえていた。その手はぶるぶると震え、顔色もひどく悪い。

麻穂さんも立ち止まったが、夫婦が「僕たちが連絡するので」というので、そこからそそくさと離れた。少し離れてから振り返ると、黒いスポットライトはまだしゃがみ込む男性に当たっていた。

それはどこか非現実的な光景だった。

後日、昼間に同じ道を通ったときにはそこには何もなかった。勿論、それ以降スーツの男性がどうなったかもわからない。

以上が麻穂さんが初めて黒いスポットライトを見たときの話だが、以来数年、彼女はたびたび黒いスポットライトを見ている。

会社の近くの道でも見た。そのときに前を歩いていたのは若い女性で、ちょうどスポットライトのところで立ち止まった。しゃがみ込むような姿勢になると、痛そうにふくらはぎに手をやり、しかめた顔でまた歩き出したそうだ。

線路にあったこともあった。駅のホームから見ると、線路に黒いスポットライトがあった。そこに引き寄せられるように人が飛び込んでいくのを見たときには気持ちも参ってしまい、実家に帰ることも考えたという。

共通点は、麻穂さんが一人の時で、時刻は夜。屋内では見たことがない。

誰かがそれに向かって歩いていき、そこで具合が悪くなったり、痛みがあるようだったり、しゃがみ込んだりする。場合によっては死んでしまうことさえある。だが、向かう途中に気づく素振りをしたり、避けようとする人はいなかった。

そんな黒いスポットライトは、なぜか子供を産んでからは見えなくなったそうだ。夜の外出が減ったせいもあるかもしれないと麻穂さんは言う。

だが、見えないに越したことはない。

「いつか、踏んじゃうのは怖いけどね」

それもなんだか仕方ない気もするよね、と彼女は言っていた。

なまうたどおり

木根さんが以前住んでいたのはいわゆる東京の下町で、古い商店街があった。商店街は「○○通り」という昭和を連想させるような名前で、アーケードこそなかったが、昼間であれば道に面したところでおばちゃんがコロッケや焼き鳥などを売っている。人の声が飛び交い、木根さんが上京する前にイメージした「現代の都内」とはあまりに違った。知らない人でも人情味を感じるような商店街は休日の夕方歩くのにもちょうどよかったという。

だが、個人商店が軒を連ねているのだから夜は早い。夜の八時にもなれば多くの商店は閉店し、木根さんが仕事から帰る十一時頃には道自体が暗く感じるほどだった。電灯はあるのだが人通りも少ない。

駅を出てすぐ曲がると商店街を通る。駅の西口を出てまっすぐ行ってから曲がると四車線の大通りで、木根さんの借りていたアパートはどちらからでも距離は変わらない。

コンビニに用があるときを別にすれば、自転車を気にしなくてよい商店街を通って帰ることが多かったのだという。

その日は珍しく、仕事が終わって帰るのが明け方になった。

納期だったのだから仕方ないと思っていた。給料は出るし、数時間後にある「翌日」の休みも約束されており、特に不満はなかった。それどころか、しばらく続いたプロジェクトが終わった充実感さえあった。

明け方に商店街を歩くのは初めてだったという。飲み歩くほうではないし、前に徹夜したときはコンビニで色々買ってから帰ったからこちらを通らなかった。

人がいないな、と思った。朝早くから仕事をしている店もあるだろうが、大半は仕込みなどの準備なのだろう。店内でやっているのであればここからは見えにくい。

商店街を半分ほど進んだとき、後ろから歌が聞こえるのに気づいた。

最初に木根さんが思い出したのはオペラだった。そんな、豊かな響きのある男性の声。歌のように聞こえたが、歌ではない。発声練習のように音の段階が上がっていく。それとともに声は近づいてくる。自転車くらいのスピードだったそうだ。

(酔狂なおじさんがいるもんだなあ)

ＣＤを再生しているという感じではない。酔っ払いだか変な人だかは知らないが、素人ではこんな声は出ないだろうと思うほどの美声だった。

木根さんは、顔を見ようとした。ひとつは好奇心から、もうひとつは「変な人に絡まれても怖い」からだった。

子供の頃、自転車に乗っている知らないおじさんにいきなり怒鳴られたことがあったのを思い出した。目があったと難癖つけられるのもいやだが、心構えは必要だ。

振り向く。

——そこには、誰もいない商店街が広がっていた。

(え⁉)

立ち止まり、振り向いたまま、数秒。最大ボリュームとなったオペラのような声は濃密な気配とともに木根さんのすぐ隣を——そのまま追い越した。僅かだがそのときに追い越していく風も感じた。

その声の元を追うように、視線を前に戻す。声はやはりそちら側からしていたが、どう見ても誰もいない商店街だったそうだ。その向こうには、この町でこれまで見たこともない朝焼けが広がっていた。

声は、商店街の道をまっすぐ遠ざかっていった。

木根さんはそのまま立ち尽くして、見えない歌声を見送った。


声が聞こえなくなって、身体がガチガチに固まっていることに気づいた。緊張と警戒で力が入っていた。

あれはなんだったのか。怖いからこそ考え、必死に否定しようとしている自分もいたと木根さんは言う。

「音って、マンションの騒音問題の時とかも反響して違うところから聞こえたような気になるって言うじゃないですかー」

追い越されたときの風はともかく、音は科学的に証明できる現象なのかもしれないという気持ちと、本能的な恐怖が同時にあった。

だが、後ろからもう一度先ほどと同じ声が聞こえ始めたとき、木根さんは後者のほうだけで一目散に商店街を駆け抜けた。さっきは止まっていて今回は走っているのに、声はなぜか先ほどと同じようなスピードで木根さんの背中に迫っていたという。

「どう考えても、もう一度後ろに回るのは無理だし」

たとえ物理現象だったとしても、だからなんだと思った。

「まだ自分はこんな走れんだなってなりましたね！　体育の授業以来、すげえ久しぶりに全力疾走しました」

木根さんは、絶対に追い越されたくなかったのだという。

「怖いでしょ、追い越したところで止まられたら」

結局、彼は「逃げ切った」。商店街を抜けるとその声は途端に聞こえなくなったそうだ。

以来、時間を問わず木根さんはその商店街に行かなくなった。歯医者に用事があるとか、そういう場合を除いて。

「いま考えると、夜のときだって人が少なすぎたなって」

人が少なかったのは毎日だ。そしてコンビニ側の大通りは信号が多いにも拘わらず人が多かった。

東京といえど地元の人の多い地域。木根さんは今では地元の人は何か知っていたのではと思っている。

四〇二／九〇二

甲斐さんが数年前、都内の古い公団のマンションに住んでいた頃の話だ。

珍しく残業が長引いてしまい、バイトが終わったのは深夜〇時を過ぎていた。普段は九時までのバイトで、そんなことは初めてだったという。

スマホには友達からの連絡が何件か入っていた。

が、見たい深夜アニメの時間も迫っている。録画してはあるのだが、そういう問題ではない。どうしてもリアルタイムで見たいので、まずは帰ることを優先したという。

バイトへの通勤は自転車を使っていたのでスマホを打つことはできず、マンションについてエレベーターを待つ間にさっさと返してしまおうとした。

彼が住んでいたのは、九階の九〇二号室。

来たエレベーターに乗って、九階を押す。その中で、次の返信をする。

そうしているうちにドアが開いたので、夜の廊下を歩く。

まだメールを打っていた。誰ともぶつからないここでは、スマホ歩きと言われることもない。

そのとき、ちらりと。なんとなくの違和感が目の端をかすめた。

「でも、意識がスマホとマキさんに行っていたからさ」

マキさんとは彼が好きなアニメのキャラクターである。

マキさんのために急いでいた彼はふたつめのドアのノブに鍵を突っ込み、急いでドアを開けた。

「え？」

手探りで灯りを点けようとすると、ぱちんというスイッチの音はした。が、電気が点かない。

だが、月の明るい夜だったせいで、カーテンもない部屋の中はよく見えたという。

甲斐さんは目を疑った。

部屋の中は甲斐さんの部屋ではない。明らかに物が少ない。

その窓辺に、人が立っている。

「すみません、間違えましたッ!!」

反射的に慌てて飛び出し、エレベーターホールへ向かう。

これでは自分は深夜に入った強盗だ。窓辺には女の人がいた気がするし、通報されたらという恐怖で頭がいっぱいになった。


そのとき、甲斐さんは思い出した。

あまり深夜に外に出ないので忘れていたのだが、そのマンションは三階まではテナントなどが入っていて居住用ではない。居住者がいるのは四階以降になる。

防犯のため、二十三時を過ぎると四階以降はエレベーターは各階に停まるのだ。

甲斐さんはスマホに夢中で、最初に停まった階に降りた。

つまり、甲斐さんが開けたのは自宅のある「九〇二号室」ではなく、まったく関係のない「四〇二号室」だったのだ。

最初の違和感も当たり前で、そこが四階の廊下だったからだ。あまり変わり映えしない景色だから気がつかなかった。

気づかずに、こんな夜中に他人の家の鍵を開けてしまったのだろうか。……いや、そうだとしても、なぜ開くのだ。

混乱したまま、四階にいたエレベーターに乗る。

九階のボタンを改めて押すと、エレベーターは機械音とともに上り始める。

そういえば、なぜエレベーターは四階にいるのか。自分は九階を押したはずなのに。そのふたつのボタンは押し間違える位置ではない。

なぜ、あの部屋は自分の鍵で開いたのか。今になって不思議になる。

そもそも、真っ暗でがらんとした何もない、あれでは空き室としかいえないようなところに……。

(窓辺に、人が立って?)

ぞわっと総毛立った。

そういえば、女性のように見えたが、自分が入ってきたというハプニングに、まったく動じる様子はなかった。

エレベーターが上っていく。一階ごとに律儀にドアが開いては、閉じる。そこに彼女がいたらと考えてしまう。

古いエレベーターはその動きのひとつずつが遅く、四階から九階がどうしようもなく長く感じたという。

部屋に帰ると、お母さんがまだ起きていた。

たった今あったことを必死で伝えたが、彼女は息子の様子にもあまり動じず、「鍵、かかってなかったんじゃないの？」と言った。

そもそも、四〇二号室は前におじいさんが住んでいたが、亡くなったあとは誰も住んでいないはずだという。

「明日、お母さん見に行って来てあげるから」

怖いものがないタイプのお母さんがあまりにも平然としているので、それまで猛烈に怖かったにも拘わらず、甲斐さんもつられて安心してしまったそうだ。

甲斐さんにとっては数時間分とも思えるほどの長い時間だったが、実際は見たいアニメにも間に合い、その日はそのまま眠った。


翌日、お母さんはひとりで四〇二号室へ向かった。もし誰か新たな入居者がいた際には「息子が昨夜に迷惑をかけた」という形で挨拶をせねばと、手土産を持って見に行った。

その報告によると、部屋には鍵がかかっていて入れず、新聞受けなどはガムテープでふさがれていたという。表札もなかった。

ただ、なぜかドア自体が四辺をガムテープで目張りされていた。昨日今日に貼られたものではないうえに、他の空き部屋はそんな処理はされておらず、ちょっと奇妙に思ったそうだ。

「本当に四〇二だったの？」

そう聞かれたが、帰りのエレベーターは間違いなく四階から乗ったし、ふたつめの部屋だったことも間違いない。

そのマンションは、取り壊すために立ち退きを迫られており、当時ですらもう虫食いのようにしか人が住んでいなかった。

甲斐さん親子もまた、翌年にはそのマンションから移り住み、もうその建物は取り壊されているそうだ。

「見たな」

会社で隣の部署だった桐生さんと昼ごはんに行ったときのことだ。

「『見たな』っていう幽霊ってよくいるんですかね？」

私が怖い話を好きだと彼の部署の女の子に聞いたのだといって、彼はそんな話を始めた。

だが、好きだからと言って詳しいわけではない。「よくいるか」など知らなかった。言われてみれば「見たな……？」と振り返る幽霊のイメージはあるものの、なんの話だったか、何を見たから「見たな」と言われたのか、すぐには思い浮かばなかった。

「なんでそんなことを？」

「そう聞いた知り合いがいて」

と桐生さんは言った。

桐生さんの大学からの友人、佐々木くんが仕事から帰り、風呂場で頭を洗っていたとき。

突然、知らない男の声が聞こえたそうだ。

「見たな」

ドアを開ける音はなかった。なのに、肩の辺りで声はした。

熱いシャワーで温めた身体がさっと冷たくなるようだった。

私の想像する「見たな」は一音ずつを伸ばすかなり芝居がかったものだったが、桐生さんが聞いた限り、佐々木くんが聞いたのはそんなものではなかったらしい。

何かを見たことを確認するように。

そして念を押すように。

短く言われたそれは、質問の言い方ではなかったという。

だが、ちょうどシャンプーをしているところで、目を閉じていたときだ。「見たな」と言われても何も見えていない。

狭い風呂場には自分以外の何かの気配があるわけでもなく、それきり言葉の続きもない。

佐々木くんは可能な限り最速でシャンプーを流すと、慌てて風呂場から出、その辺にあった服を着て外に出た。スマホと財布だけは玄関にあったものをひっつかんだ。

心臓がばくばく鳴り、不注意でぶつかりそうになった車が大きなクラクションを鳴らす。

近所のファーストフードの明かりを見たときは、本当にほっとしたという。コーラを頼み、息を吐く。いつもの味、甘さ、そういうものに少し現実が戻ってきた。そこでようやく思い返す。

「見たな」。

確かにそう言われた。

が、何か「見た」だろうか。

少なくとも、風呂場では何も見ていない。それどころか、これまでも一度もおばけの類を見たことはない。

友達に連絡をすると「今からうちに来られるのは困るけど、そっち行くか?」という返事がきた。その相手が桐生さんだったのだそうだ。

桐生さんがファーストフードで見た佐々木くんは、具合でも悪いのかと言うほど顔色が悪かった。普通の状態ではない。青くなるとは言うが、実際は白くなるのかと思ったそうだ。そして一連の話を聞いた。

桐生さんはあまりそういったものを怖がるほうではないのだが、興味があるわけでもない。この後どうしたらいいのかはわからなかったという。

わからない同士の二人で話し合い、一応コンビニで食卓塩を買うと、一緒に佐々木くんの部屋へ戻ることにした。

「塩がいいっていうでしょ」

実際に効かなかったとしても、とりあえず佐々木くんが安心すればいいかと思ったのだという。


佐々木くんの部屋は、何もかもがやりっぱなしになっている以外、特におかしな点はなかった。確かに風呂から慌てて出たのだろうという感じではあった。

声が聞こえたという風呂場を見たが、何もない。

「なんもねぇよ」と言おうとして振り向いたとき、佐々木くんが棒立ちですぐ後ろに立っていた。その様子がおかしい。身体が震えている。

「……いま、『見たな』ってなんで言ったんだ」

「は？　言ってねえよ」

こんなところでふざけるほど悪趣味ではない。だが佐々木くんは譲らなかった。

「言っただろ！　俺は何も見てない。見てない、見てない……」

桐生さんが止めるのも聞かず、そう呟きながら佐々木くんに出て行ってしまったという。


「見たな」

スマホで電話を掛けてみたが、部屋の隅で着信が鳴っただけだった。残された桐生さんは、少し待ってから気まずいまま部屋を後にした。

「人が怖がってるのにひどい悪ふざけをした」

佐々木くんは共通の知人にそう言って回ったそうだ。桐生さんが事情を説明すると知人たちの多くは信じてくれたが、佐々木くんとはそれっきり疎遠になってしまった。

そのとき、知人の一人も佐々木くんとはもう会わないというので理由を聞いた。

「うちに泊まりに来たとき、あいつ夜中に『見てない、何も見てない』って言い出して気味悪かったんだよ」

桐生さんは、本当は佐々木くんは自分には見えない何かを見たのかもしれないと思っている。それを信じたくなかったのかもしれない、とも。

壁穴の向こう

自転車で休日に出かけるのが阪野さんの趣味だ。ママチャリではなく、クロスバイクと呼ばれる車道を走る自転車である。

車を置く場所がないとか、電車では時間に縛られるとか、そんな消極的な理由もある。が、彼は自転車のカスタムやメンテナンス、専用の機材の購入なども含めて、その趣味を楽しんでいるのだという。

その日は東京の自宅から、神奈川方面に向かった。特に目的はなかった。あえて言うなら自転車に乗ること自体が目的だ。

裏道のほうが走りやすい。最短を示す地図に従わないほうが楽しい。迷うのもまた一興だった。そんな中で、たまに降りて風景を写真に収めた。

阪野さんがその日自転車を止めたのは、廃墟の前だった。

目の前の廃墟は、古びてはいたものの『お屋敷』的な雰囲気で不潔な感じはしなかった。晴れており、まだ陽も高かったのも影響したそうだ。少なくとも、おどろおどろしく見えはしなかった。

阪野さんは屋敷を見上げた。

「普段ならそんなことしないんです」

言い訳をするように阪野さんは私に説明したが、実際にそうなのだろうと思う。阪野さんが普段、ルールやマナーを守るタイプなのは私も知っている。

「廃墟って言っても誰かの私有地ではあるのもわかってるし」

じゃあ、なぜそのときだけ、足が向いたのか。既にそこから本人もわからないという。

こういう話が好きな私は無責任に「そういうのを呼ばれたというのかな」とも思ったが、それは憶測でしかない。

ともあれ阪野さんは敷地内に足を踏み入れた。

元々人通りの少ない住宅地だったが、壊れたままの門をくぐると、一気に現実から、線引きされたような気持ちになった。音は更になくなり、静寂に包まれる。

近づいたところから見てもやはり廃墟なのは確実なようで、人が住んでいる様子はない。とはいえ、家の中にまで入ろうとは思わなかった。

だが、裏側に回ると、予想外のものがあった。

「プレハブ小屋でした」

外からは屋敷の陰で見えない位置だ。荒れていても庭は確かに「お屋敷の庭」というたたずまいなのに、真ん中にあるその小屋が景観をめちゃくちゃにしている。屋敷を建て替えるために作られたのだろうか。だが、それにしてはプレハブ小屋自体も古い。

小屋はサッシも外されており、現時点で誰かが中にいそうな気配はなかった。

興味本位で中を覗き込んだ。

真正面に見えた壁に、直径二メートルほどの大きな穴が開いていた。

ただ、違和感があった。その原因にはすぐ気づいた。その穴の奥が真っ暗なのだ。

「庭の真ん中にあるプレハブ小屋ですよ」

壁がそんなに厚いはずはない。どう見ても奥に他の部屋などない。

穴が開いたなら、その向こうは明るいはずだ。現に阪野さんの背から注ぐ光は、目の前に阪野さんの影を作っている。

深く、暗い穴。――向こうが見えないほどの。

(何メートルあるんだよ)

そう思ったとき、阪野さんは頬に風を感じた。

冷たい、動きの鈍い風だった。あの黒い穴から吹いている。

同時に甘さを含んだ、何かの腐ったような臭いが鼻をかすめた。阪野さんは本能的に一歩後ろに下がった。

そして、また一歩。

「あれから目を逸らしちゃいけないと思ったんです」

後ろを向いた瞬間に何かが出てくるのではないか。それに捕まるのではないか。

阪野さんは穴が見えなくなるまでじりじりと下がり、渇ききった口で一度ひゅっと息を吸うと、今度こそ身体の方向を変え、全速力で走って門を出た。

自転車に辿り着き、焦る手でそれを出そうとする。手の中でガチャガチャとチェーンが鳴った。

そのとき張りつくような視線を感じた。屋敷の二階。阪野さんはそちらを見なかった。

阪野さんは言う。

「あんな臭い、少しでも風があったら周りにも臭いがして気になるはずなんですよ。それが、あの小屋で風が吹いてくるまでは気づかなかった。……俺が近づいてから風が吹き始めるなんて、あります？」

阪野さんはそれ以来その辺りには行かない。そこが何だったのか、何があったのかも知りたくないと言い、私も詳しい場所は教えてもらえなかった。

近くの山の北欧

四国に住んでいるミナトさんがファーストフード店でバイトをしていた頃の話だ。

自分の車を持っていたこともあり、女性でもミナトさんは深夜の閉店時間までのシフトが多かった。

面倒見の良い彼女は「後輩の女子が自転車で暗い道を帰るよりはよい」とそれ自体に不満はなかったという。夜の時間は時給が上がるのもありがたかった。

とはいえ夜遅くまでの勤務が続けば、疲労やストレスがないわけではない。自然と帰りのドライブで気分転換をするようになっていたそうだ。

そのドライブのときに、一度だけ妙な道に入り込んだことがあるのだという。

仕事が終わり、いつものように彼女は深夜のドライブで近所の山に向かった。

山といってもあまり高くもない、それを越すわけでもなく途中で帰ってくるだけの何度も行ったコースだ。

舗装された道ではあるが、夜になると他の車はほとんど通らず、住宅も少ない。昼間は隣町への行き来にも使われることから、多くの車が行き交っているが、夜はまるで違う様相を見せる。

夜の山道は、暗く、静かで、星がよく見えた。秒単位のオーダーに追われる仕事のあとには丁度良かったそうだ。

好きなバンドのCDをかけながらしばらく走ったとき。ふと、カーステの音楽にノイズが入りだした。いつもかけている曲に、どこかのラジオの音が混じって聞こえるということはあるのだろうか。

周りに車はない。住宅なども見えない。それでも、そんなこともあるのだろう、とミナトさんはそのまま車を走らせた。

しばらくして、窓の外の景色がいつもと違うことに気づいた。最初に気づいたのは、木が道の両脇にいつもあるものではないことだった。

その木を見てまず頭に浮かんだのは、行ったことのない北欧だった。

先の尖った木が並ぶ、寒くて寂しい、美しい森。近くに湖や沼などないのに、珍しく濃い霧も出ていた。

その木と同じように先端が尖った、塔のような古い灰色の建物が前方に見えた。

建物に近づくにつれ、ノイズが大きくなる。大きくなってわかったが、ノイズは人のざわめく声だった。音楽が寸断されるわけではなく、たくさんの人がざわざわと何か言っている声が上に乗っているのだが、何を言っているのかは聞き取れない。

そのまま大きな門扉のある灰色の屋敷を通り過ぎた。

窓に明かりがともった洋館だった。生まれたときからこの近くに住んでいるミナトさんが、この山にある特徴的な建物を知らないわけがない。新しくできたならともかく、一見してわかるほど古いのだ。

ぶつん、と、唐突に曲が途切れた。その後カーステからは多数の人の声だけが聞こえた。ひそひそ言う声や笑い声に混じって、たまに怒号や悲鳴が聞こえる。

スピードを上げ、直進する。幸い、対向車はない。知らない道だが、曲がり角もない。

「早くその場所を通り過ぎたくて」

確かにその建物を通り過ぎると、ざわめきは小さくなった。

だが、窓の外の森はそのままだ。

それどころか、また同じ塔が見えた。「一周した」わけではないはずだ。そもそも、途中に分かれる道などなかった。

先ほどと同じ門扉のある洋館に近づくと、またノイズが大きくなる。

前回よりクリアに聞こえた。何を言っているかわからないのは、それが自分の知らない国の言葉だからだとミナトさんは思った。英語とも違う言葉だった。

突然キィィ、という機械的な音がした。がくんと車体が大きく揺れて、止まる。

何が起こったのかと思ったミナトさんの目に、足下でブレーキを踏む、自分のスニーカーではない革靴が飛び込んだ。悲鳴をあげることもできず、息だけ呑んだ。

車は止まっている。門扉に横付けしたような場所だ。

門は開いている。それどころか、まっすぐに見える洋館の扉まで開いている。

玄関に明かりが点いていた。誰かが立っている。影になってよくは見えないが、ぴんと背筋を伸ばした女の人のようであったそうだ。

彼女をよく見ないまま、ミナトさんは震える手でハンドルを握るとアクセルを踏んだ。

「早くここを離れなければ」と、それだけを思ったという。行きたくない気持ちと、呼ばれている感覚が交差する中、車は動いた。

どこをどう運転したかは覚えていない。そもそも途中からはまったく知らない道だった。それでも気がつくと、見知った道に戻っていた。山に背を向けて走っている。だが、それは本来の山の出入り口の一本隣にあたる大通りだった。カーステからノイズの声が聞こえなくなり、バンドの曲が戻っていた。

「隣の道を行ったところは、前に土砂崩れで通行止めになっているんですよ」

そこからは絶対に山には入れないし、山から降りる道はひとつだという。

暗いうちに自宅に帰るのが嫌だったミナトさんはファミレスで朝が来るのを待ち、疲れ切ってアパートに帰った。

後日、その話を地元の友人にした。昔からその辺りに住んでいて、車が好きな友人も多いが、その山に洋館があるなどと知っている人は一人もいなかったという。

暇な男友達らが探しにも向かったが、とうとうその洋館に辿り着くことはなかった。

ただ、一人だけ「あそこは、人が帰ってこなくなるから行きたくない」と言った友達がいた。どういう意味かと訊くも、それ以上詳しくは教えてもらえなかったという。

みどりちゃんといっしょ

小学生の同級生、くみちゃんのお母さんは事故で亡くなった。

当時四年生だった杏さんは、これまで自分の周りで亡くなった人がいなかったので大きなショックとともに覚えているという。

少しの間、学校を休んでからまた登校するようになったくみちゃんは、すっかり人が変わったように無口になってしまった。

可哀想だと思ったという。大人になってからは「先に亡くなるお母さんも無念だったろう」とも思うが、当時は「もし自分のお母さんが急にいなくなってしまったら」と考えるだけで、不安と、混乱と、「想像すらできない」ことへの絶望感のようなものがぽっかりと黒い口を開けているようだった。

「結局自分のことしか考えてないいんだけど」

人が変わったようなくみちゃんが不憫だと思う気持ちは確かにあった。

だがそんな中、とあることから杏さんは彼女のことを遠ざけるようになってしまったのだという。

「くみちゃん、学校にぬいぐるみを持ってくるようになってさ」

詳しくは覚えていないと言うが、お母さんが亡くなってから一カ月以上は経っていたと言うから、四十九日が終わった頃だったのではないか。

緑色の犬のぬいぐるみだった。

杏さんは以前もそれを見たことがあった。随分前にくみちゃんの家に遊びに行ったときに見せてもらったのだ。

「お母さんに買ってもらったの。名前はねえ、『みどりちゃん』」

くみちゃんはそのとき、大事そうにそれを見せてくれたのだという。

『みどりちゃん』は教室の後ろの棚に置かれていた。

元々の形もあるにせよ、前に見たときよりもくたびれているように見えた。

あんなに怒ったような表情だったろうか、とも思った。

『みどりちゃん』を見るたびに杏さんは死を身近に感じてしまったという。

元々は何かのキャラクターのぬいぐるみなのだろうと思わせる子供向けのかわいらしい造形のはずなのに、杏さんにとっては不吉なもののように見えた。

だが、幼い杏さんも「くみちゃんにとっては今それが必要なのだろう」と思ったそうだ。

毎日ここにあるということは先生も許可しているはずだ。それなら仕方がないし問題もない。

三学期が終わるまでの二カ月、「みどりちゃん」は後ろの棚の上からくみちゃんを見ていた。毎日、授業参観のように。

杏さんは「みどりちゃん」と目を合わせないようにし、そのうちに自然とその持ち主であるくみちゃんも遠巻きにしてしまった。くみちゃんから話しかけてくることもなかった。

そのまま三学期が来て、クラス替えで違うクラスになった。

中学も違ったことで、杏さんはくみちゃんと長く会っていなかったという。

が、数年前の同窓会で再会した。

髪を茶色に染め、ピンクのワンピースを着たくみちゃんはすっかり元の明るさを取り戻しているように見えた。

杏さんがあのとき遠巻きにしたこともまるでなかったかのように話が弾んだ。

抱えていた胸のつかえが取れるようで、杏さんはうっかりその話題を出してしまったのだという。

「『みどりちゃん』はさ」

「あれの話はやめて」

くみさんが強い口調で遮った。

突然変わった表情に杏さんは気圧された。

「ご、ごめん」

「もう関係ない話だから。本当に」

杏さんの動揺や周りの気を遣うような空気を余所に、くみちゃんは「急に用事ができたから」と強張った顔のままお金を払って帰ってしまった。

(悪いことをしてしまった)

沈んだ気持ちを引きずったまま、杏さんは同窓会の帰りに友達三人とファミレスに入った。事情を知らない元同級生たちは杏さんに無邪気に尋ねた。

「で、さっきの『みどりちゃん』てなんだったん?」

「ほら、四年生の三学期、後ろにあった緑の犬のぬいぐるみ……。くみちゃん、毎日持ってきてたでしょ」

三人は、顔を見合わせた。

「……そんなの、あったっけ？」

誰も覚えていなかった。

くみちゃんをかばって嘘をついているわけでもなく、本当に知らないように見えた。

教室でそれは確かに異彩を放っていた。

他には物の置かれていない棚からずっと見ていたのだから。

覚えていないわけはない――それが、見えていたならば。


「『みどりちゃん』を覚えている人はいなくて」

他の人にも聞いたが、結果は同じだったそうだ。

考えてみたら、くみちゃんがそれを持って帰っているところや、持って来ているところを杏さんは見たことがない。そもそもランドセルに入れるような大きさだったろうか。昔のことはいえ、そうしているところもまるで覚えていない。

「……くみちゃんにも見えてたのかな」

だが、同じように「見えていた」としてもあのときのくみちゃんの嫌がり方に異常だったように思える。

もしかしたら、くみちゃんには学校以外でも『みどりちゃん』に関する何かがあったのではないか――。

「もう聞けないし、会っても聞かないけど」

杏さんにとってこの件は「何度も間違えてしまった気がする」苦い思い出なのだという。

緑の、遠くの人

東京という言葉からイメージされるのは高層ビルの並ぶ風景ではないだろうか。だが良光さんの生まれ育った荒川区の辺りは、灰色の無機質な風景とはまるで違うところだった。

「下町だから古い木造の家ばっかりでねえ。それでいて緑が豊富なわけでもないでしょ」

昔からの商店街が反対したせいで駅前にショッピングセンターもない。面影を残すと言えば聞こえはいいが、時代から取り残されたような町だったという。

その町を横切るように小さな川があった。良光さんは小学校に通う途中にその横を毎日通ったそうだ。コンクリートで両側と川底を囲まれた浅い川は、濁った茶色の水面に虹色にギラついた油が浮いていた。雨の前には異臭がし、くたびれて頭を垂れた植物がぽつぽつと立っている。厳重に侵入を警戒されているわけではないのだが、近所の工場が廃水を流しているという噂もあり、中で遊ぼうという者は子供でもいなかったそうだ。

六月のある日、川から頭を出した廃材に何かが引っかかっているのが見えて良光さんは足を止めた。

緑に近い色に変色した人らしき上半身だった。全体的に緑がかっていて、まばらな毛髪の近くから黄色く濁った目が良光さんを見ていた。

(化け物だ)

良光さんは足がすくむという体験を初めてしたという。

だがその化け物は川の中から一人で学校から帰る良光さんをじっと見て話しかけてきた。

「……えのえ……きぃは、ど……ですか」

聞き取れず固まっている良光さんにそれはもう一度言った。今度は聞き取れた。

「うえの、えきぃ、は、どっちですか」

(……上野駅?)

それは日本語だったが聞きなれない発音だった。けれど、日本語に慣れない外国人のそれだったのか、方言だったのかはわからない。

そのとき、すぐ後ろの道路を走るトラックがクラクションを鳴らした。それをきっかけに、良光さんは転がるように逃げ出した。追ってくる気配はなかったそうだ。

家に帰ると良光さんは泣きながら母親に訴えたが、まともに取り合ってはもらえなかったという。翌日以降も、それが学校や下町の狭い界隈でニュースになった覚えはない。

当時の良光さんは、それが人間の死体だとは思わなかった。前の冬におばあさんが病院で亡くなったときの、白っぽく枯れたようなきれいな死体とあまりにも違ったからだ。

良光さんがそれを「あれは死体だったんだ」と認識したのは、数年がたってネットでグロテスクな画像を偶然に見たときだという。読めない外国語の下に表示されたその写真と、川にあったものはよく似ていたそうだ。


「死体が喋ったとか、嘘だと思ってるでしょ」

そう言われて、私は答えに困った。正直に言うなら「東京の川に傷んだ死体がある」のは、それが喋ることより違和感が強かった。もっと古い時代ならまた違うかもしれないが、良光さんは平成の生まれだ。

そんな気持ちから、ひとつのことを尋ねた。

「喋ったなら、生きてたんじゃないですか？」

「うーん、それはないと思います」

彼がいた辺りは浅く、雑に千切られたような上半身しか見えなかった。

問いかけられた言葉は聞き取りにくくはあったが、かといって苦痛に呻く声ではなかった。助けを求めていたわけでもない。

「だから死体だったとは思うんですよ。で、幽霊だったかっていうと、俺は霊感とかはないのでわからないんですが」

その町から上野駅まではそう遠くはなく、電車で三十分くらいだ。乗り継ぎは一回。

当時、電車が好きだった良光さんは本当は行き方を知っていた。

「今となると、教えてあげればよかったと思います」

故郷を離れて、知らない土地で死ぬのは無念だったのではないかと思うのだそうだ。

良光さんが当時住んでいた辺り一帯も現在は再開発され、その川も残っていない。

「俺も故郷がなくなっちゃったみたいなものだし」

そう話す良光さんは寂しそうに見えた。

新しい石碑

都内で下宿する大学生、江川さんがお盆に実家のあるS県に帰省したときのこと。

夕方、彼が退屈しのぎに近所を散歩していると、見慣れぬ石碑を見かけた。

(こんなもの、ここにあったかなあ)

彫られている文字を見ると、「慰霊碑」と書かれていた。

江川さんは高校卒業まではここに住んでいたが、こんなものを前に見た覚えはない。

新しくできたものだろうか。慰霊碑を建てるような事件か何かが、あったのだろうか。

帰宅したときに家族に聞いてもみたが、家族は石碑があった方向にあまり用事がないこともあり、それが存在ことすら知らなかった。

とはいえ、一家でこの家に引っ越してから十年以上経つ。母も祖父も地域に友人も多い。

(もし慰霊碑が建てられるような事故があったならば、噂はすぐに届くだろうに)

江川さんは不思議に思ったという。

上げ膳据え膳、久しぶりにバイトもＷｉ－Ｆｉもない翌日の午前中、暇になった江川さんは昨日見た石碑が気になってしまって、もう一度見に行くことにした。

慰霊碑は十字路に建っている。十字路を作るのは大型のトラックも通る四車線の交差した道路で、人通りが多くはないが静かな環境とは言えない。

表面に大きく「慰霊碑」と彫られているが、かといってなんの慰霊碑なのかは書いていないのでわからない。

昔からあるわけではないとわかっていたとはいえ、改めて見てもやはりまだ新しい。切り出されたばかりの、風化していない灰色の石だ。

裏には名前が彫られている。何人もの名前が連なっていた。

作った人の名前というよりは、犠牲者の一覧のように見えた。旅行先で見た戦没者の名前が彫られている慰霊碑を思い出したせいかもしれない。

なんとなく名前を辿るように見ていた中、ひとつの名前で目がとまった。

それは、江川さんのお父さんの名前だった。だが、江川さんのお父さんは二年前に脳卒中で亡くなっている。この十字路とは特に関係なく、会社で倒れて病院で亡くなった。

家族は慰霊碑を知らなかったはずだ。勝手に名前を書かれることなどあるだろうか。それとも、同姓同名の他人か。

続けて見ていくと、中学の同級生である木下さんの名前もあった。特に仲がよかったわけではないが、彼の家もこの十字路の近くではなかったはずだ。亡くなったという噂は聞かない。

二人の名前の書かれ方には違いがあって、木下さんの名前は何もされていないが、お父さんの名前にはひっかき傷のような模様がついていた。模様がついていたと思ったのは、建てた後にひっかき傷がついてしまった、というよりも名前を彫ったときに同じ手法で、意図的に傷も彫られているように見えたのだという。

最後まで見て、他に知り合いの名前がないのを確認すると、江川さんは帰宅した。父の名前があったことはやんわりと母に伝えたが、大人しい彼女は困惑したような表情をしただけだった。

誰が何を建てようが、自分の家族はその件に触れないだろうと思った。実害が及ばない限りは。

文句を言っていたなどと噂されるよりは、知らないふりをするほうがよほど良い。

かつて新興住宅地であった町は、古い因習はなくとも、住人同士のつながりは「面倒を起こさない」という微妙なバランスの上に成り立っていることを肌で感じていたという。

その中で誰が、なんのためにそんなものを作ったのか。なぜ父の名前があったのか。

江川さんは気味悪くも思ったが、同時に考えても仕方ないという諦めがあった。

それ以上石碑について調べたりはしないまま、翌日、実家から都内のアパートに戻ったそうだ。

翌年、実家に帰ったときに中学の同窓会があった。

同級生が言うには、その日来なかった木下さんは「数カ月前から家に帰っていない」のだという。

次の日、迷った末に江川さんは石碑を見ないで帰った。

「もし木下の名前にひっかき傷があって、『作ったときからついてました』みたいになってたら嫌だと思ったんです」

その石碑が同じ場所にまだあるのかも、江川さんは確認していない。

怖い話の話

「怖い話は苦手だ」と穂奈美さんは常々SNSで言っていた――ように、私は思っていた。

だが、厳密なところをいうと苦手なのは「怖い話」ではないのだそうだ。

穂奈美さんが本当に苦手なのは「人が怖い話をする場」だという。その話の輪に入るのは勿論のこと、自分がいる部屋で誰かが話しているのも嫌だという。

好んで怪談の本を読んだりはしないし、ホラー映画を見ることはない。けれど昔からそういったものが怖くて怖くてたまらないというわけでもなく、ホラー要素の多少あるゲームをやることもあるらしい。


なぜ彼女は「人が怖い話をする場」だけが苦手なのだろう。

前から疑問に思っていたら、穂奈美さんがそのきっかけを教えてくれるという。

だが顔を合わせてその会話をするのは嫌だというので、彼女からの提案でメッセンジャーアプリを使って顛末を聞くことになった。

「メッセンジャーアプリならいいんですか？」

メッセンジャーアプリで細かいやりとりをするのはかなり会話に近いのではないかと思う私への答えは、

「一対一で文章送るだけだからいいよ」

とのことだった。音声は嫌だという。

以下は、その内容を整理したものだ。


大学生のとき、同じ学科に佐藤くんという同級生がいた。佐藤くんは独り暮らしで、アパートが大学に近いこともあり、日頃から同級生が男女問わず遊びに来ていたそうだ。

その日、穂奈美さんは友達数人で彼の家に遊びに行った。

集まったのは部屋の主の佐藤くんと穂奈美さんも含めて、男女三人ずつの六人。実はその中の一人である葵さんが曽根くんを好きだったことから始まった企画だった。

「うまくいくといいねとは思ったけど、企画した佳苗みたいにがんがん推そうとも思わなかったよね。そういう計画だったとか、後で聞くと騙されたみたいで冷めるでしょ」

「付き合うのがゴールではないのだから」という穂奈美さんは、「付き合わなければスタートさえできない」派の佳苗さんと主張こそ違ったものの、葵さんと仲がいいため呼ばれたのだった。

実際のところは、佳苗さんが佐藤くんに近づきたかったのかもしれないともいうが、話の本筋ではないのでこれだけの情報に留める。


チェーンの居酒屋で飲んだ後で佐藤くんの部屋に向かう。途中のコンビニで菓子や酒を多めに買って、食べかけという形でなく多少残るようにするのが暗黙の場所代だった。ついたのは深夜十二時頃だったろうか。佐藤くんの部屋はアパートの一階の角部屋で、隣も真上の部屋も空いているので、多少は騒いでも平気だという。

特にオールナイトで遊んだり喋ったりしなければいけないこともないのだが、当時はそうするのが新鮮だったので誰も寝ないで深夜に色々な話をしていた。

学校の教授の話に、それぞれのサークルやバイトの話。本当か嘘かわからない高校時代の思い出。どれも他愛もない話だが、曽根くんの高校の頃の武勇伝が「廃墟での肝試し」になったところで、方向が怖い話に向かい始めた。

怖い話。穂奈美さんは特になんとも思わなかったが、部屋の主である佐藤くんに「そういう話すんの？」とやんわりとした嫌悪を示していた。だが、佳苗さんが聞きたがった。葵さんはどちらでもいいようで、穂奈美さんはというと――突然、眠くなったのだそうだ。

さっきまではそんなことはなかった。なのに、驚くほど急に眠くなった。確かに普段は寝る時間だし、お酒も入っている。眠くなってもおかしくはないのだが、そのときは「変に眠かった」のだという。

ワンルームの部屋の、友達とはいえ男性もいる中で「先に寝るね」などと言いたくなかったが、仕方ない。目蓋が重いというより、頭が霞がかったようだった。穂奈美さんは部屋の隅にブランケットを借りて横になり、車座になった彼らは怖い話を始めた。

不思議なことに、あんなに眠かったのが嘘のように、横になると眠れない。さりとて起きる気にもなれない。意識はあるのに、ひたすら眠い。

もどかしい時間の間中、耳には途切れ途切れに彼らの怖い話が聞こえていた。

起きているとも寝ているとも言えない。どちらにも片足ずつ突っ込んだような状態の穂奈美さんを余所に、彼らは順番に怪談をしている。

廃墟に行ったときに黒っぽい人影を見た。

子供の頃、死んだおじいちゃんに手を握られた。

そんな中で、新しい話が始まった。

「自殺した人をバカにするのは本当によくない」

男の声だった。

眠いのでちゃんと聞いてはいないのだが、それでも耳に入ってくる。

「そんな話をするのもよくない」

「それのせいで呪われた」

「そのせいで首を吊った」

(え?)

違和感に、穂奈美さんはかけていたブランケットを無意識に握った。

聞き間違いだろうか。

途中までは怖い話だった。だが、最後に「自分が首を吊った」と言わなかったか。突然そんな重い話をするなんて、とも思うし、偏見に晒されかねないことを言うのも不自然だ。

いや、そもそも――。

(誰?)

軽い口調に、うっすらと関西弁のイントネーションが混じった話し方。

佳苗さんが「怖いよやめてよ」というのに混じって佐藤くんだ「そういうマジよりの話

は怖いよな」と言う。

他にも宮前くんが「いや、ほんとそういうのはよくない」と言うのや、曽根くんの「でもあるんだろうね」という声が聞こえた。だが、葵さんの声だけは聞いた覚えがない。

けれど、男性が三人とも感想を言った気がした。

六人で部屋に来てから、来客は勿論ない。

ならば、これは誰なのだ。

穂奈美さんは目を開けた。視界に見えた車座になっている人数は、六人。自分を抜かして六人いた。寒気とともに意識がはっきりと覚める。

「誰!?」

突然大きな声を出した穂奈美さんに、全員がざっとこちらを見た。一人、知らない男がいたそうだ。少し年上だろうか、二十代くらいの男だった。

「あ……れ？」

宮前くんは自分の隣に座る男の顔を改めて見て、最初、脳の処理が追いつかないというように不思議そうにした。

「わあああっ!!」

部屋の主である佐藤くんが悲鳴をあげると、場がパニックになりかけた。その中で、男はすうっと消えた。消えるところを見たのは穂奈美さんと佐藤くんだけだったそうだ。

誰からともなく、部屋を転がるように出た。

深夜三時過ぎ、まだ外は暗かった。

アパートから数メートル離れたところで、お互いに顔を確認する。全部で六人、知らない顔はない。更に、あの場にいた知らない誰かが追ってきていないか確かめようとして振り返ったとき、アパートの部屋の灯りが静かに消えたのを見た。

もはや戻ろうという者はなく、みんなで近所のファミレスに駆け込んだ。

そこで話していると、穂奈美さんの記憶だけがみんなとは違っていた。

穂奈美さんは、確かに男が話す声を聞いた。

だが他の五人は、そのときに話をしていたのは葵さんだという。葵さんも含めてだ。

なお、そのとき葵さんが話していた怖い話も首吊りにまつわる話だったそうだが、内容は違う。

穂奈美さんを除く五人の話は共通していて、葵さんが話をしていたところに、穂奈美さんが突然「誰!?」と言った。眠っていると思っていた穂奈美さんが急に叫んだことにびっくりして周りを見ると、知らない顔があった。

が、いつからいたのかは誰もわからないという。

そんなこともあってか、佳苗さんは穂奈美さんのことを名指しで「怖い」と言い出した。

「そもそも、あんたが寝て一人分空けたりするから」

彼女も怖くて気が立っていたのだろう。妙に攻撃的に穂奈美さんを責め、それを今度は佐藤くんが過剰に制した。

そんなやりとりからも気まずくなってしまい、それ以来個々に仲の良い相手はいるものの、同じメンバーでは集まっていない。

「怪を話せば怪至る、とか言うんでしょ。あと、本当に怖いのは人だとかさ。そんなのがどうとかは知らないけど、怖い話をして人間関係悪くなることはあるから気をつけたほうがいいよ」

あんなことがなければその子たちとも友達として続いていたかもしれないと思うと、今となっては少しもったいなく感じるそうだ。

四匹目

十年ほど前、大学のサークルの飲み会のあとで青柳さんは女の子を車で送っていくことになった。

飲み会が中心のようなサークルで、尚美さんのこともよくは知らなかったが、呑んでいる途中も遠くの席から好みだなと思っていたという。

尚美さんは切れ長の目の女性で、他の子たちに比べて大人しく見えた。それは車内の会話の印象でも変わらなかったという。

「わかりにくい場所だから」

そう言って尚美さんが道案内する自宅は、その町の端のほうだった。山を切り拓いて作ったような静かな土地で、住宅もまばらだ。すれ違う車も少ない。

車を買ってからドライブを趣味にしていた青柳さんも、あまり来たことがない地域だった。そもそも、来る用事もない場所だったという。

「猫がいるけど、よかったらお茶でも出すから寄ってって」

尚美さんがそう言ったときに「ちょっと変な言い方だな」と思ったそうだ。

着いたのは古い木造のアパートだった。零時を過ぎていた。壁を這う蔦がひび割れに似て見え、廃墟のようだったという。

夜が遅いせいもあっただろうが、他の部屋の灯りは消えていて、人がいるのかもわからなかった。

玄関を開けた尚美さんは「少し待ってて」と言って奥の部屋に行ってしまった。

（……やけに獣くさいな）

猫を飼っていると言っていたが、同じように猫を飼っている家はどこもこんな空気ではない。

待っている間、目の前にあるキッチンと小さなテーブルのある部屋を青柳さんは見ていた。

視界の端に猫が映った。食器棚の足下に二匹。動かないので見過ごしそうだった。

どちらも青柳さんにもわかるほど痩せこけている。食器棚の影の暗がりにも、もう一匹丸まっていた。

「猫、何匹いるの？」

奥の部屋に向かって聞いてみると、声だけで返事が返ってきた。

「今は多分三匹かな」

（……多分？）

彼女の言葉が気になりはしたが、三匹ならばこれで全部ということか。

青柳さんは、尚美さんの「飼っている」という言葉は「来た野良猫に餌をやったりする」という意味なのだろうと思ったそうだ。だから猫は健康の管理もされていないようだし、頭数もそんな言い方をするのだろうと。

そのときだった。

「なあ」

「うわっ」

猫の鳴き声などではない。すぐ近くから聞こえたのは低い男の声だった。

青柳さんは飛び上がらんばかりに驚いた。実際下心もあったものだから、同居男性や家族がいたのではバツも悪い。

だが、男の姿はなかった。声がしたほうに目をやると、奥の部屋に続くところに猫用の古いキャリーバッグが置いてあった。勿論それは人の入る大きさではない。

「猫かなー」

やはり奥から、尚美さんの声がした。彼女にも聞こえているのだ。ならば余計おかしい。猫の鳴き声が赤ん坊に似ているとか、女の嬌声に聞こえるとは言う。だが、これは明らかに違う。

「……あ、なあ」

もう一度男の声がした。呼びかけるような言い方だった。

二匹の猫は丸まっている猫のそばで姿勢を正し、無言で尚美さんのいる居間のほうを見ている。何かを責めるかのようだった。

「お待たせしちゃってごめんなさい」

尚美さんが奥の部屋から顔を出した。

「猫がね、増えてしまって」

「え、どういうこと」

「四匹だったかもしれない」

「おい」

おい、と言った低い声は青柳さんのものではなかった。

弾かれたように玄関を出て逃げ帰る青柳さんの背中には男の「まて」という言葉が届いていた。あまり大きな声でもないのに、まるで頭のすぐ後ろで言われたようにはっきりと聞こえた。青柳さんは振り返らず、車まで走ると慌てて帰ったという。

後日確認すると尚美さんはサークルの人ではなく、誰が誘ったかもはっきりしなかった。

「青柳くんが送っていったから青柳くんの友達だと思っていた」という人までいた。

その後も彼女を大学で見かけたことはない。

木の虚

「なんでそんなとこに、っていうだけではあるんだけどね」

小学生の頃、両角《もろすみ》さんは三つ年下の妹とよく喧嘩をしたそうだ。

理由は、「妹が物をなくしてしまうから」。

妹は妹のものだけでなく、両角さんのものも持っていってなくしてしまうことがたびたびあった。

両角さんにとっては大事な物のこともあり、そのたびに母親に「お姉ちゃんでしょ」と我慢させられるのにはもやもやとした反発もあったそうだ。

一方で、妹は本当に悪気はなかったのだ、と両角さんは言う。

彼女はいつも泣きながら謝った。

「本当になくすつもりはなかった」

「本当にどこに行ったかわからない」

そう言って泣くので、余計に母親は姉である両角さんに我慢させる形で話を終わらせたのだろう。今になればわかる、と両角さんは頷いた。

妹がそうやってなくした物は、数日程度で他の部屋から出てくるということもなかった。大体のものは「そのままなくなってしまった」という。

両角さんお気に入りのアニメキャラがモチーフになっている白と水色のシュシュも、夜に妹が持っていってなくしてしまった。その日のうちに家族総出で家中を探したが、どこからも見つからなかった。

「絶対に妹は外に出てないし、子供の行動するとこなんて決まってるでしょ」

決まってるのがわかっていても、やはりどこにもなかった。

そんなある日、お隣に新しい一家が引っ越してきた。子供はいない四十代の夫婦と、その七十代の両親という四人家族だった。

やけに丁寧に挨拶をした夫婦が、子供の目にも「随分疲れている」ように見えたというが、その理由はすぐにわかった。

その家のお祖父さんに認知症があったのだ。両角さんの祖父母はその頃健康だったこともあり、正直なところ両角さんは隣のお祖父さんが怖くなってしまったという。

ふたつの家の間の低い壁越に隣の家の中は見えるし、同じように隣からこちら側も見える。隣のお祖父さんはたまにじっと無表情に両角さんを見ていた。かといって、挨拶をしても言葉は返ってこない。

彼がじっと見る対象は両角さんだけではなかった。両角さんの妹も見られていたし、自分の家の前を通って通学するクラスメイトもそうだった。皆、「怖い」と言って、その家の前を通るときは自然と口数が減った。

お祖父さんは人だけではなく、両角さんの家を見ているときもあった。とりわけ、敷地の境にあるケヤキの木を見ていた。

ケヤキの根元は両角さんの家にあるのだが、やや灰色がかった枝ははみ出すように隣家に伸ばされている。ただ、前に住んでいた家とは問題になったこともなかったし、両角さんの両親が買ったときにはもうあった大樹でもあるので、それまで特に大きな問題とは考えなかった。

ただ、大きな木ではあったが、全体的に白っぽく、葉もまばらで元気がないように見えたという。

事件が起こったのは、季節が春に近づく三月の頃だった。

夜中に家の近くで普段聞かない大きな声がした。大人の怒声だった。

周りが静かな土地だったこともあって外の声が聞こえる中、強張った表情のお母さんが姉妹を部屋に集めた。

外で揉めていたのはお父さんと隣の家族で、お父さんはこのとき、一応の武器としてバットを持って外に出て行ったという。

両角さんは妹の手を握り、お母さんと三人でひたすら黙っていた。

「こんな木があるからだ、この木のせいだ」

興奮した様子で繰り返し叫んでいたのは知らない男の人の声だったが、後から聞くところによると隣のお祖父さんだったそうだ。それまで声を聞いたことはなかったが、鳥のようにかん高く、かすれた声だった。

お祖父さんは、両角さんの家のけやきを自分の家から持ってきた斧で伐ろうとしていたらしい。気づいた息子夫婦と両角さんのお父さんがそれを止めていた。

結局、騒ぎを見に来た近所の男性の通報により、制止も聞かずにがんとして木を伐ろうとしていたお祖父さんはパトカーで連れていかれたそうだ。

家の中でじっとしていた両角さんはその現場を見ていないが、後で聞いたその話だけでも十分ショックだったという。

結局、お祖父さんは戻ってこなかった。そのまま介護施設だか病院だかに入ったと聞く。庭のケヤキは幹に何度か斧が振るわれた跡が残っており、それを見るたびに両角さんが怖がるので、両親はケヤキを伐ってしまうことにした。

引き取りもあるので業者に頼んだが、業者は伐ったときに不思議そうに言ったという。

「木の虚にこんなものがあったんですけどね」

伐るまでは完全に外から閉鎖された木の虚から、妹がなくした両角さんのシュシュが見つかった。それ以外にも、これまで妹が部屋の中でなくしたいくつかのものがあった。

だが、ひどく汚れているばかりか半分溶けたようになっていて、気持ちが悪いのでそのまま捨てたという。

妹の物をなくす癖はそれを境にぴたりとなくなり、隣のお祖父さんはそれから少しして亡くなったそうだ。

「だから、妹はわざとじゃなかったんじゃないかなって」

かといって、なぜ妹がなくした物が木の虚に入っていたのかはわからない。

けやきのあった家には今は両角さんの妹夫婦が住んでいる、隣はその家族が引っ越したあと、ずっと空き家のままだという。

黒い着物

「お正月になると、お祖父ちゃんの職場の女の人たちが家に遊びに来るのが習慣だったんです。それも晴れ着で」

日野さんのお祖父さんは百貨店で働く中間管理職で、彼女たちが来なければいけない決まりはない。

なのに、お正月には毎年十人近い人数の職場の女の人たちがやって来る。年末年始の休暇中であり、晴れ着を着るのも迎えるほうも労力がかかる。

「いま考えるとおかしいけど、そういう時代だったんでしょうね」

普段、彼女はお祖父さんの仕事場を見る機会などなかったが、自分の大好きなお祖父さんが慕われているようで嬉しかった。

訪れるお姉さんたちの着物は華やかで、迎える日野さんも正月らしいおめかしをした。

その年も彼女らは、日野さんによれば「まるで福の神のように」色とりどりの装いで家に訪れた。お母さんたちは料理を振る舞い、笑い声が響く中で夕方前には食事を終えたそうだ。

「またね」

「お邪魔しました」

そんな言葉を日野さんにかけて、彼女たちはぞろぞろと帰っていく。

居間に戻ると、さっきまでは色とりどりに騒がしかった場所がしんとしていた。いつも通りの静かさになっただけなのにひどく寂しく、時が静止したように見えたという。

――祭りのあと。当時その言葉を知っていたわけではないが、空の皿が並んだ机はまさしくそんな様子だった。

そんな中で、日野さんは誰かの忘れ物らしきものに目をとめた。夕陽が差す中、縁側に近い場所に着物が一着残っている。黒い着物だった。僅かに見える裾に金色の刺繍が入っている。くちばしの長い鳥の柄だ。

（こんな着物を着ている人、いたっけ？）

黒い着物の人など見た覚えはない。赤、青、緑。みんな華やかな色だった気がする。

そのとき、チャイムが鳴った。

びくりと振り返る日野さんの耳に、母親が対応する声が聞こえた。

家に戻ってきたのは、赤い着物と髪飾りのお姉さんだった。去年もいたことをはっきり覚えている。彼女は日野さんの横をすり抜けて財布を拾いに居間にやってきた。

「忘れ物しちゃった」

視線を居間に戻せば、さっきあった黒い着物は消えていて、その場所の隣に財布が落ちていた。

「よかったぁ、ここにあって」

そう言うと彼女は財布を拾って戻っていった。

やはり、黒い着物はない。

(さっきのは見間違いだったかもしれない)

日野さんは改めて彼女を見送りに玄関に向かった。

去っていく彼女は、道路の反対側からもう一度振り返ってお辞儀をした。背を向けて歩いていく赤い着物の背中。日野さんには、その背中に黒い着物がうっすらとだぶって見えた。まるで影のように、覆いかぶさるように彼女についていく。

なぜか、「それから目を離してはいけない」と思った日野さんは視界から消えるまでひどく緊張して見ていた。泣いたのは、彼女が見えなくなった後だったという。

それを聞いたお祖父さんは少し黙った後で「塩をまいておけ」と言い、お母さんとお祖母さんが難しい顔で玄関に塩をまいた。

翌年からその恒例行事はなくなった。数年経って聞いたところ、その年の二月に結婚をするはずだった女性がいたが破談になり、会社も辞めたそうだ。そもそも、会は彼女が幹事のようなことをしていたのだということも後で知った。


日野さんは長い間、あのとき見たものは喪服だと思っていた。けれど、大人になると金糸銀糸で鶴の刺繍が入った着物は喪服ではないことを知った。

「なんで晴れ着だったんでしょうねえ」

何かを知っていたのかもしれないお祖父さんも数年前に亡くなり、もうわからないままだそうだ。

いまは静かなお正月を家族で過ごす日野さんだが、その一件は怖い思い出であってもどこか懐かしいという。

雨の日の面格子

それは「面格子」という名称なのだ、と私はこの話のときに初めて教えてもらった。侵入防止に、そして目隠しに。窓の外側に、主に防犯を目的に取り付けられる格子のことである。格子といっても私が知る限りは縦に鉄の棒が数本渡されているもので、横の棒は上下にひとつずつだけ渡してあるものが多い気がする。

私の場合は、アパートの風呂場についているものが近しい。

「そこに傘をかけちゃう」

「かける!!」

「絶対にかけない」

未来さんと私はかける派、同席したもう一人はかけない派で、私たちは横着をしていると苦言を呈された。

それから数年が経って未来さんと会ったとき、「そんなこともあったね」と言うと、彼女は「もうかけてない」という。

理由を聞くと、彼女は言いづらそうに「変なことがあって」と言った。

そういえば未来さんには、私が怪談好きであることを明かしてはいなかった。実は、と伝えると——。

「好きならいいよ」

未来さんは「変なこと」について教えてくれた。


その日、未来さんは妹さんのアパートに遊びに行った。雨が降っていたそうだ。

玄関のすぐ横、廊下に面して風呂場がある部屋だったので、その面格子にビニール傘をかけた。隣にはきっちりたたまれてはいない妹さんの傘がかかっていたという。

妹さんが「独り暮らしをする」と言ってアパートに引っ越して半年近くになる。住んでいるところから遠いわけではないが、遊びに来たのは二度目だった。仲はいいけれど仕事の休みが普段は合わず、泊まるのは初めてだ。

その日は「翌日が振替休日だから一緒に映画でも見よう」ということになり、職場から直接来たのだった。

用意して待っていてくれた妹さんの手料理を食べながらゆっくり過ごしたあと、未来さんはお風呂を借りることにした。

「掃除しといたからね」

妹さんが改めて言う通り、アパートの築年数が古い割に風呂場はきれいに掃除されていた。

だがこのとき、「ちょっと暗いな」と思ったという。

「暗い」というのは実家や未来さんが暮らしている部屋と比べてではないし、お風呂を借りるのは初めてなのだから「前に来たときと比べて」というわけでもない。インテリアにこだわりのない妹さんらしく、特殊な照明でもないのになんでだろう、とは思ったがそのまま入った。

シャワーを浴びていると、ふと外から視線を感じた。

慌てて窓を見るが、外に誰かがいる様子はない。だが、窓の面格子に何かかかっているのが見えた。

人の指だ、と思った。

「びっくりしたけど、さっき傘かけたしなあって」

同じ場所に傘の持ち手を引っかけたのを思い出した。

風呂場の窓は、外からは人影程度しか見えないように磨りガラスになっている。同じように中からもぼんやりとしか窓の外は見えない。

そのせいで指のように見えたのだろう、と思ったのだが。

（多い……？）

それなら二本だ。だが、三本ある。

「けど、もしかしたら三本だったかなあとも思った。かけたときに他に傘がないかなんて、ちゃんと確認してないから」

そうだったのかもしれない。前から傘をかけっぱなしだったとか、誰かが忘れていったままだとか。梅雨時だしありえないことではない。

特に動く様子はない。少し他より指っぽい色に見えるが、詳しくは見えない。あまり見たくもなかった。

——でも、もし変質者なら、とにかく早く出たい。せっかく用意してもらったお風呂に長居せず、未来さんは慌てて出たそうだ。

明らかに自分の様子はおかしかったはずだと未来さんは言うが、妹さんは呑気にポテトチップスを食べる手を止めることはなかった。

パジャマを着ると、その妹さんに「これまで、不審者などは来たことはないか」と聞き、先ほどお風呂場で見たものの話をする。

妹さんは驚くほど普通に言った。

「指ね、かかるよ」

「は？」

「最初はびっくりしたけど、それ以外なんにもないしまあいいかって」

言い忘れちゃってごめんね、と妹さんはあまり悪いと思っていなさそうに付け足した。

「別にいいじゃん」という妹さんから聞き出したところ、最初に見たのは引っ越してすぐだという。

初めて見たときは妹さんもひどく驚き、彼氏に来てもらったりもした。だが、その初回を含めて何度か廊下を確認してもらっても一度として廊下に人がいたことはない。

指はかかる。

二本や三本のときもある。

よく見ると指であることはわかるという。傘をかけているかどうかは関係がなく、指以外は見たことがない。

指がかかるのは妹さんが夜にお風呂に入ったときだけで、彼氏は見たことがない。その彼氏とも最近別れてしまったらしいが、そのせいで妹さんは「自分しか見えないのかなあ」と他の人に相談しなかった。

「もし『引っ越しなさい』っていう話になっても、もう一度引っ越しするようなお金も今ないし」

それは、そうだろう。身内で心配な未来さんにもそれを手伝える余裕はなかった。

「中には入って来ないし、もういいよって」

そんなの、感覚が麻痺していると未来さんは思った。

一方で、先ほど見たものが指だったと断言されてしまうと未来さんのショックは大きく、これから夜道をひとりで帰る気にもなれない。

「中には入って来ない」という妹さんの言葉を信じ、その日は妹さんの部屋に泊まった。

翌日、内心はそれどころではなかったが予定通り映画を見に行った。

出がけに窓格子を見ると、傘が二本かけられていた。三本目はない。手に取る気にはなれず忘れたふりをし、未来さんは自分の傘を置いてきてしまったそうだ。

昨夜の話をしようとしたが、妹さんの拒否反応は強かった。

心配なのだが、本人に実害がないうえにあからさまに不機嫌になるので、未来さんは仕方なくその話をやめた。

「それ以来、傘はかけなくなっちゃった」

そのあと何度話しても、妹さんからその話が出ることはないという。

勿論、指がかからなくなったという話も聞かない。

薬指と連帯責任

淳子さんは、中学二年のときに転校した。同じ県でも内陸にある学校は、色々と勝手が違ったという。

大きくは、それまでいた学校はいじめがなかった。

そして、引っ越した先の学校ではいじめがあった。

——ただし、過去形で。

「それまで、いじめなんてなかったもん。そう言うと、『そんなはずない』とか『やってた側なんだろ』とか言われたりもするんだけど、とにかくなかったんだよねえ」

引っ越した先のクラスには、二年生の四月から編入した。クラスは一年のときからの持ち上がりで、淳子さん以外は同じ顔ぶれだ。

黒板の前に立って紹介される淳子さんを、クラスの全員が値踏みするように見ている。

――暗い。

最初にクラスのことをそう思ったという。

ただし、転校生は興味の的でもある。話しかけてくれる子は何人もいたし、淳子さんも仲良くやっていきたいと思った。

が、そんな矢先、入部したバスケ部で他のクラスの子からある事実を知らされる。淳子さんのクラスは前年度、クラス全体で担任の女性教師をいじめ、辞めさせたというのだ。

確かにその教師自体、ヒステリックで変わっていたらしい。

だが、それを差し引いてもそのクラスはやりすぎで、最終的にはなんらかの事故で女性教師は大怪我をし、辞職した。

「今年、大人しくしてるのは反省したからじゃないと思うよ」

今の担任は大柄な男性教師。

強い奴にはしないだけ。

彼女の言葉には、淳子さんのクラスへの明らかな嫌悪が滲んでいた。

クラス内でその話が出ることは一切なく、引っ越してきたばかりの彼女の両親にもそれを伝える人はなかったそうだ。

結局、淳子さんはクラスの子よりも部活の子とのほうが仲が良くなっていったという。とはいえ、卒業までの二年間でクラスで目立った事件が起きることもなく、淳子さんがいじめられることもなかった。


だが、教室では奇妙な光景があった。

カバンから物を取るとき、なぜか皆カバンをひっくり返し、机の上にバラバラと出して探そうとするのだ。

中学生という繊細な時期にしては異質な光景だった。女子なら生理の話も絡むし、公にしたくないものだってあるだろう。現に淳子さんはそんなことをしたくなかった。

クラスメイトもやりたくてやっているわけではないらしい。たまにカバンの底からそっと物を取ろうとするのだが、かなりの確率で小さく悲鳴があがる。

多くは女子であったが、一様に青ざめ、中には泣きそうになっている子もいた。

周囲はそのたびに「またか」という諦めと、バカなことをするからだという一種蔑みの表情でもって一瞥する。

淳子さんはその風習には参加しなかったし、強制するクラスメイトもいなかった。

ただ、平然とカバンの中に手を突っ込んで物を取る淳子さんを、怯えを含んだ目で複雑そうに見ているだけだったという。

そんなある日、カバンの中に手を入れた淳子さんの指先は、予想外の弾力に当たった。ぐに、と言うべきか、むに、と言うべきか。

慌てて手を引っ込め、中を見ると、黒い学生カバンの底にソーセージのような形のものがあった。先に、赤い爪がついている。

反射的に小さな悲鳴をあげた淳子さんを、クラスメイトたちはやはり遠巻きに見ていた。が、一人、最初の頃に仲の良かった子が近づいてきた。

「できるだけカバンに手を入れないほうがいいよ」

もう一度見ると、既にそこに指はなかった。

クラスメイトは、そのときはそれだけ小さな声で言うと自分の席に戻ってしまったが、後日、改めて教えてくれた。

昨年度の女性教師は、クラスの男子の嫌がらせの拍子に扉で小指を変形させるような大怪我をしてしまったのだという。

それがきっかけで彼女は教師を辞めた。今は自宅にずっといるらしい。

そしてそれ以来、クラスのカバンの中に「指」が出る。

「……その指の幽霊だと思う」とクラスメイトは言った。

「私とかは、いじめてたわけじゃないのに」

それを言うなら、淳子さんはその人を知りもしないのだが。


指の幽霊は、卒業までクラスに出続けた。

淳子さんも、油断した頃にもう一度見たという。

ただ、淳子さんは少し不可解に思っていることがある。

もしもあれが先生の潰れた指なら、あんなに長い爪に赤いマニキュアで学校に来ていたのだろうか？


「それに、一瞬見ただけだけどあれは小指じゃなくて薬指だと思うんだよね」

もし違うなら誰の指なのか。

中学卒業とともに、クラスメイトたちとの関わりがなくなった淳子さんには結局わからないままだという。

チャットブース

チャットレディという仕事を私は詳しく知らなかった。教えてもらったところによると、ネット上のライブチャットで男性とビデオや音声でお話するバイトなのだそうだ。男性がお金を払い、女性の収入になる。水商売に近いが直接会うことはなく、女性はプロではないという触れ込みが多いという。

みずきさんは大学生の頃にチャットレディをしていたそうだ。

「空いた時間を使って楽にお小遣い稼ぎができます！」

その広告ページには、お小遣いというには多い数字の金額が書かれていた。

「今なら絶対にやらないけど」とみずきさんは前置きをしたが、そのときは楽なお小遣い稼ぎがしたかったのだという。

在宅でもできるとの触れ込みだったが、パソコンにウェブカメラにマイクと、最低限の機材として書かれていたものを集めるのも難しく、登録して仕事場に通って働くことにした。

みずきさんの説明によると、ライブチャットは内部で目的ごと（主に過激さの段階によるそうだ）に分かれており、みずきさんは大体夜に数時間その事務所へ通っては「喋りたいお客さん」の話を聞いていた。

大学を卒業したらごく普通に就職する予定だった。それもあって顔がバレる人がいるのは絶対にいやで、「顔も出したくないし脱ぎたくない」と思っていた。

そのせいか募集広告に記載されていたような超高額なバイトとはならなかった。だが、それは折り込み済みで「思ったよりは」稼げたそうだ。


そんな中、みずきさんが困ったのは眠気だった。

仕事場にはいくつも「女性の個人宅であるかのような」個室のブースがあり、一人ずつ入る。

パソコンで、特定のサイトに「用意ができていますよ」という状態でログインしておくと、お客が来るというシステムだ。出来高制なので、待っている間は給料も出ない。選んでもらえるようにウェブカメラに向かって手を振ったりしてアピールしたりはするそうだが、それでも待っている時間はそのくらいしかできない。暇だった。

昼間は大学に行き、授業だけでなくサークル活動もしていたので、座って待っていれば当たり前のように眠くなる。担当者には初日に「寝ないでくださいね」と言われていたが、偶然仕事場で会った他の女の子と話をしたときには「寝ちゃうよね」と言っていたので、みずきさんだけではない問題だったようだ。


その日もみずきさんは睡魔に負けていた。

（結構寝ちゃったなー）

深夜だった。時計を見ると自分の帰る時間は過ぎていたが、管理の人にも「次の人」にも起こされなかったと言うことは部屋は余っているのだろう。そういうときには誰が出ていったかもチェックされない。

パソコンのモニタは点けっぱなしになっていた。けれど、チャットのロビー画面ではない。誰かがログインしていた。

最初に戸惑ったのは、画面の中にいたのが女性だったことだ。

これまで、女性のお客様に当たったことはみずきさんはなかった。

女性はがりがりに痩せている。みずきさんと同じくらいの年齢に見えたが、濃い化粧で肌が白く見え、からからに乾涸《ひか》らびているかのようだった。

そして何より首が長く、その首が途中でずれていた。画像加工で、コピーした頭を切り貼りする位置を間違えたようなずれ方だ。半分くらいのところで横にずれ、継ぎ目のところは紫色に染まっている。

彼女は、動作としては「ずっと喋って」いた。ヘッドホンから音声はまったく聞こえない。みずきさんは返答していないが、彼女は気にすることなく何かを必死でこちらに訴えている。

だが、痛そうではない。あちらのウェブカメラかなにか、機械がおかしいのだろう。どうすればこうなるのかなどわからなかったけれど、パソコンには元から詳しくない。

だが、本当に首が切れているわけではないのだと思った。

起きたばかりで状況が把握できなくもあり、しばらくの間、ぼーっと画面を見ていた。

そして気づく。そういえば、自分が寝ているのを彼女は見ていたのだ。そして今こうしているこの時間も、彼女は自分に課金している状態ということになる。

付けっぱなしだったヘッドホンのマイクで話してみる。彼女が何か話しているのは変わらない。こちらの声は聞こえていないようだ。

まるで録画されたもののようだった。いや、変化はある。彼女の話はヒートアップしている。まったく聞こえないが、動作はそうだった。

こうしている間もお金は自分に振り込まれている。嬉しいのだが素直に喜べなかった。

彼女の話は聞こえないまま更に熱を帯びる。怖いほどに。

大きく見開いた目ではっきりみずきさんを見て、何かを訴えている。その間にも、首のずれがひどくなっている。横に少しずつスライドしていくだけなのだが、このままではいつか落ちてしまう。

みずきさんは、自分のヘッドホンが故障している可能性を考えた。一回抜いて、そのあとさし直せば直るかもしれない。かつて、持っていたウォークマンでそんなことがあったのを思い出した。

イヤホンジャックを抜いた。その瞬間。

「早く死んだほうが、全然いいって言ってるの!!」

ヒステリックな声が、いつもは使っていなかったスピーカーから大音量で響いた。みずきさんは悲鳴をあげた。

管理をしている人が駆けつけた時には、画面は砂嵐になっていた。

その日に管理をしていたのは、雇われの男性だった。みずきさんは震えていたし、一応残業的な状況だったので仕事は終わりでいいとされ、そのまま温かいパックの紅茶を貰った。

「もう、あのブースは使わないほうがいいよ」

なんでも、そのブースでは前に具合の悪くなった女の子がいたそうだ。見つけたときにはもう虫の息で、病院に搬送したがそのまま亡くなった。彼にはさっきの声がその女の子の声に聞こえたのだという。

「他なら多分、大丈夫だから」

そう話す彼の口調はとても親切そうだった。が、翌日にみずきさんはそのバイトをやめ、それ以後一度も行っていない。

「具合が悪くなったとか、嘘でしょ。想像だけど、ここで首吊りで自殺したんだと思う。それを病死で処理できる人たちなんて怖いに決まってるじゃん」

彼女の画面を見たとき、背景に見覚えがあると思ったが、それは自分が入っていたブースだと後で気づいた。

以後みずきさんはその業界に関わっていないが、ひとつ気になっているそうだ。

「聞いたときは私に死ねって言ってるような気がしたけど、本当はどうだったのかな」

死ぬより辛い状況で死なせてもらえなかったみたいにも聞こえるよね、と言った。

「誘拐されて売り飛ばされて……とか？」

「さすがにそこまではないとは思うけど……」

みずきさんはかつて本当に警戒心が薄かったそうだが、それを機に慎重になったそうだ。

そのうえで、時間も経って遠方に引っ越し、これを書いても問題ないだろうというので公開させていただく。

懐かしくない映像

今から十五年ほど前になるだろうか。バンドのライブで特典ＣＤやＤＶＤを配布する文化があった。今もあるかもしれないが、この頃のほうが盛んだったように思う。ファンもそれをライブのひとつの目当てにしていた。

当時は少数ロットを発注して生産するのは一般的ではなかったので、本人たちが自宅で焼いた白いＣＤ－ＲＯＭをぺろんと貰ったものも多い。

弓枝さんはそんなＣＤ－ＲＯＭをたくさん持っていた。引っ越しの際に収納スペースの多い部屋を選んだため、頻繁に視聴するわけではないものは、段ボールごとしまってそのまま開けていないものもあったという。

それでも「大事な思い出だから」と捨てる気にはなれなかったそうだ。

そんなある日、不意にとあるバンドの映像が見たくなった。そのとき既に解散してしまったバンドなのだが、急に懐かしくなったのだという。

前の部屋から引っ越して三年。その段ボールを開けるのは初めてだった。

段ボールの中を見ると、思ったより枚数が多い。それでも手に取った一枚を再生すれば懐かしさが勝ち、そのままゆっくり見ながら探すことにしたそうだ。


缶ビールを片手にパソコンで再生し、「本物のライブのときはもっと素敵に見えたのはなんだったんだろうなあ」などと呑気に考えながら次に手を伸ばす。物によっては最後まで見てしまう。

それを何回か繰り返したあと、ある一枚を再生したときに思わぬ映像が映ったのだという。


画面の映像はステージではなく、普通のアパートの部屋だった。

見たことがあるな、と思った。

というのも、画面の景色はいま弓枝さんが住んでいる部屋だ。

(……なんで……?)

アパートの部屋など、どれも似たようなものだとも思う。

そうは言っても、特徴的な出窓はこの部屋に間違いない。映っているベッドも弓枝さんが実家から持ち込んだものだ。

だが、この段ボールはここに越して来てから開けていなかったはずだ。さっきガムテープを剥がしたのだから。

画面の中のベッドに小さな女の子が腰掛けていた。赤いTシャツ。肩までの髪。小学生くらいだろうか。その姿に心当たりはなかった。

彼女は床に届かない爪先を遊ばせることもなく、ただじっと俯いている。

女の子だけではなく、画面全体にまったく動きがない。本当に動画なのかというほど静かだった。


しばらく呆然と見ていた弓枝さんは、ふと背中に強い視線を感じた。

件のベッドは今、すぐ後ろにあった。

振り向けなかった。気のせいだと思おうとしたが、それでも振り向けなかったという。

そちらを見ないようにそろそろとスマホに手を伸ばす。せめてこれだけは持って逃げよう、と思ったそうだ。

画面の中の女の子が顔をあげた。本当に何もない「空っぽな表情だった」そうだ。

耐えられず、弓枝さんは立ち上がって逃げ出した。狭い部屋の廊下がひどく長く感じた。

「こういうとき、本当に足はもつれるんだ」と弓枝さんは思ったという。サンダルをつっかけて部屋を出てしまってから、鍵を持っていないことに気づく。その背中で、カチャンと中から鍵をしめる小さな音がした。

弾かれるようにそこから逃げ出して、恋人に連絡した。


近くのファミレスに迎えにきた彼は、いつになく取り乱した弓枝さんに驚いていたが、そちらの家に泊めてくれたうえ、翌日は友達と弓枝さんの部屋に行ってくれた。弓枝さんは一緒に行く気にはなれず、彼の姉と残ったそうだ。

弓枝さんの部屋の鍵はかかっていて、彼の合い鍵で開いたという。パソコンや電気がつけっぱなしになっている以外、部屋におかしなことはなかったと聞いている。

彼女の鍵はテーブルの上に無造作に置かれたままになっていた。


結局彼女は実家に戻った。だが、どれも再生したときにまた同じものが見えたらと思うと怖くなり、手元にあったそれらのCDなどをすべて処分した。

「そのバンドとかCDとかのせいじゃないとは思ってるんですけどね」

弓枝さんは「なんとなくだけど」と前置きして言った。

「あの部屋は彼女の部屋で、私は追い出されたんじゃないのかな」

子供と思えないほどになんの感情もない表情を見て、死人はこういうものなんだ、と思ったそうだ。

つけっぱなし

同じように「画面に映ったもの」の話だ。

八代さんが残業を終えて深夜に自室に帰ると、真っ暗な部屋でテレビがつきっぱなしになっていた。

(つけっぱなしで出ちゃったかなあ)

前日の夜中に、録画しっぱなしだったアニメを見たのを彼は思い出したそうだ。

テレビでは外国の女性が歌っていた。

歌番組だろう。バラエティのセットで、英語ではないようだ。

声を震わせるような歌い方と、どこかの民族音楽的な衣装。

楽しそうというより必死だと感じた。強張った顔だった。

(近所から苦情が出なければいいいな)

単身者用のアパートだったこともあり、八代さんはそう思いながらリモコンに手を伸ばした。

「いつもテレビは録画したもんばっか見てたんで、夜中はこんなんやってんだなあって思ったんですけど」

テレビの電源を消す。

視界の隅で電源ランプが赤から緑になり、プツンという音とともにありふれたバラエティ番組が——ついた。

「えっ」

思わず声が出た。

もちろん、その声には誰の反応もない。テレビでは芸人とアイドルのおしゃべりが続いている。

「その日はテレビを消せなかったですね」

もう一度その番組になったらどうしようと思うと熟睡できないまま朝を迎えたそうだ。

思い返してみれば、前日の夜中はテレビを見ていたものの、朝にはついていなかった。

それが映ったのはその日一度だけだった。
女性にも、その歌にも、八代さんはまったく心当たりがないという。

都会のガキ

最初に見たのは、二十年ほど前のことだ。アルバイトを終えた私は、乗り換えで国会議事堂前駅のホームに立っていた。

目線よりかなり下、年季の入った鈍色のコンクリートの溝を、何かが駆け抜けた。野生のネズミだった。大きかったので、随分驚いた覚えがある。

都内の駅と駅周辺に大きなネズミは多い。

それ以降も何度も見ているが、見るのはなぜか決まって山手線の内側だ。いちばん最近見たのは秋葉原駅で、まるまると太っていた。

きっと、駅で働く人にとっては頭の痛いものでもあるだろうに、それを見ると「あのネズミも生きているんだなぁ」という由来の知れない共感を私はしてしまう。

帰りの電車を待っているときが多く、ぼんやりとした疲れがそんなことを思わせるのかもしれない。

——ただしそれは、「ネズミであれば」である。

仕事で都内を忙しくかけまわる美琴さんは、ホームの下に妙なものを見ることがあるという。線路の溝や対岸のホームの下で彼女が見るそれは、ネズミではない。

「ガリガリのちっちゃい子供。すごいお腹が膨らんでる」

最初は子供が落ちたのかと思って驚いたが、そうではないとわかったのはそれが大人の顔をしていたからだった。

見たいわけではないのだが、毎回、まるで誘導されたかのように視線がそちらを向き、目に入ってしまう。見るんじゃなかったと後悔するが、避けようがない。

彼らは、美琴さんが立っている高さまで登ってくることは——今のところ、ない。動きはする。ひとつとは限らない。高田馬場駅では三体が蠢いていた。

こちらを見ることもない。見えない壁でもあるのかと思うほど、近くにありながら遠いという。美琴さんもまた、次に来た電車に乗って去るだけだ。

ところで、美琴さんはそういった変なものが見えることはあるものの、祓ったりはできない。そして、それらは美琴さんに干渉してこない。

ずっと「見えるだけ」だ。それを見た後に身内に不幸が起こるとか、悪いことがあるわけではないそうだ。だが、悪いことが起こらなくても嫌な気分にはなる。

「あっこれ幽霊だ！　っていうのも見たことない」

それゆえに「霊感がある」というのともちょっと違う気がしていると本人は言う。人に相談しても変な人と思われそうなので、私がこれを聞いたのも出会って数年経ってからのことだ。

「調べてもどうしようもなさそうだから、全然そういうのに詳しくない」

そう聞いていたので、私は迷った。

(うーん、じゃあ嫌かなあ)

念のため確認をしてから、スマホで検索した画像を見てもらった。

「あ！　これこれ!!　でもすごい昔風の絵だねー！」

昔風の絵なのではなく、本当に昔に描かれた絵なのだ。

餓鬼の描かれた絵を見て、彼女は「わー、他にも見えてる人いるんだ」と言った。が、彼女は餓鬼という名前すら知らなかった。

「ずっと自分だけだと思ってたから、なんか嬉しい」

餓鬼の絵を描いた人も、彼女と同じものを見ていたのだろうか。
わからないが、東京の電車のホームの下にはたまに餓鬼の姿をしたものがいるらしい。

パチンコ屋の女性客

明滅する激しい光とうるさい店内放送、行き来する大勢の客。

「あの頃は『良い時代』だったんでしょうね」

そう康太さんが振り返るのは、彼がパチンコ店で働いていた頃のことである。

その店は特に老齢のお客様が多かったという。ひとつ前のバイトも同じ業種だったが、前の店に比べるとやたらと丁寧な接客をするのがその店の方針だった。

勤め始めて一週間ほどしたとき、一人の客がシマをうろついているのが見えた。

五十過ぎであろう女性だった。赤という色を煮詰めたようなどぎつい色の口紅で、随分古い型のベージュのコートを着ている。ぼさぼさした白髪混じりの長い髪が肩にかかっていた。

しかし、外見よりも他のことが気になった。どの台にも座らないのだ。男性に連れられて来た女性がそうしているのは見かけるが、彼女は一人で来店したようで誰とも会話をしている様子はない。

彼女は台を覗き込む仕草をする。ひとつひとつを見て回っているのかとも思ったが、空いている台の釘やデータを見ている素振りではなかった。台よりも客を確認しているかのようだ。それも、男性の客ばかりを。

近くで覗き込まれれば迷惑そうな顔をするのが普通だが、そういう反応をする客と、そうでない客がいた。そうでない客のほとんどは「相手が女性だから」というよりは、まったく気づいていないかのように見えた。


怪しくはある。

とはいえ、具体的に客からクレームが入るような迷惑行為ではないし、そこにいる人間を見ているのだから窃盗の類とも思えなかった。

（一応先輩に報告しておこう……）

「スルーでいいですよね」と確認だけをするつもりで、康太さんは店内用のインカムを入れた。周りに聞こえないような音量で話す。

「ベージュの女性、ちょっと動きおかしいですよね」

『……あー、あれ、か』

康太さんの指導係でもあり、いつもは判断の早い先輩が歯切れの悪い返事をした。

『いいよ、スルーして』

「はい。了解です」

『ていうか、……関わるな』

その言い方に引っかかりを覚えたものの、康太さんはそのまま了解の旨を伝えた。丁度、担当しているシマでの台のトラブルに呼び出されたのもあった。

(スルーする。関わらない)

そう思いながら、呼ばれた台の玉詰まりを直したそうだ。


だが一度意識すると、どうしても視界に入るたびに気になってしまう。

さっきから何時間だろうか。広い店内をぐるぐると巡回しているようなので康太さんにすべての状況が見えるわけではない。だが、少なくとも台には座っていないのは明らかだ。

同じ人でも何度も覗く。反応のない人も平等に覗く。ずっと男性だけだ。

ふと、別の違和感があった。閉店直前、女性の同僚とすれ違ったが、彼女はそのベージュの女性にお辞儀をしなかった。

終業後、休憩室で同僚女性に聞くと、彼女は「いたらお辞儀は絶対するから、気づかなかったんだと思う」と言った。

確かにこの店のマニュアルではそうだ。他のお客様には彼女もそうしているし、していないのがわかれば叱責される。

けれど、気づかなかったというには近すぎたように感じた。


それからもたまに店内で同じ女性客を見かけた。康太さんはなんとなく引っかかってしまい、いるのがわかれば見てしまうようになった。

「見たいわけじゃないんですよ。ただ、なんとなく危ない気がして見てしまうっていうか」

偶然か、店に入ってくるところを見たことはない。そして、いつ見ても台に座る様子はない。

そしてやはり、彼女に「気づかない」様子の人はいた。

そんな中、変化があった。

康太さんが見ると、彼女は一人の男性客と話をしていた。よく見る常連さんで、六十代くらいのふくよかな男性だった。強いリーチがかかると途端にそわそわし、周りの客に話しかける。そして当たりそうな演出からはずれるとひどく落胆するような、リアクションの大きな人だ。

二人が話し出したところを見たわけではないから、きっかけは知らない。が、二人は談笑しながら店を出て行った。

その日の彼はすごい連チャンを引いて勝っていたという。


それから急に、あの女性は来なくなった。常連だった男性客のほうも見かけない。

少し気になって休憩所で話題に出すと、最初に「関わるな」と言った先輩が持っていたティッシュの箱でぺこんと康太さんの頭を叩いた。

「こら、関わるなって言ったろ」

「すみません」

「それに男のほうは来てるよ、今日もいる」

「え、気づかなかったっす」

休憩が終わったあと、先輩にインカムで促されるままに探してみると、他に誰もいないシマの端にぽつんと座っている彼がいた。

だが印象がひどく変わっていて、言われなければわからないほどに老け込んでいる。老け込んでいるというか、空気を抜いた風船のようにしぼんでいた。

虚ろな目に、演出の過剰な明滅を繰り返す画面が映る。が、それに何も思っていないかのように反応がない。派手な煽りのあとでリーチははずれた。

まるで魂を抜かれてしまったようだ、というのが康太さんの率直な印象だったという。


その日の帰り、先輩に食事に誘われた康太さんは安い居酒屋であの女性客の話を聞いた。

「あのお客さんに『連れていかれた』客って、みんなああだよ。で、少しすると来なくなる。店員でも連れていかれた奴はいる」

客が店に来なくなると、また彼女は来るそうだ。これは長い店員はみんな知っているのだという。

「そもそも、人によって『気になる』『ならない』『気づかない』が全然違うんだよな。で、言葉かけたりなんかすると連れてかれんだ」

常連が来なくなるという意味では迷惑だが、店内で迷惑行為を働くわけでもない。

彼女は何者なのか。そもそも生きている人間なのか――

そんな疑問さえ湧いたが、あれだけはっきり見えている。自動ドアも反応する。監視カメラにもしっかり映っている。

となると幽霊とは言い難く、お祓いをしようという話にはならない。

ただひとつ言えるのは、「彼女はずっとそうだ」ということだ。

彼女はこの十年以上の間、先輩が店長に聞いた限り服も髪型も何もかもがあのままなのだという。

「ていうか、お前もたまにすごいそばから見られてるけど、気づいてないときあるよ」

彼女を監視しているようなつもりでいた康太さんはその言葉にぞっとしたそうだ。

先輩の言う通り、件の男性客はそれからしばらくして店に来なくなった。

それと同時期に康太さんもその店を辞めた。

「そんなことで、と思われるかもしれませんけど……」と前置きして康太さんはその理由を教えてくれた。

その日、久々に店に姿を現した彼女は、まっすぐ康太さんに向かって歩いて来たのだそうだ。

固まって動けないでいる康太さんの顔を、彼女はぐぅっと首を曲げて覗き込んできた。

その顔を初めてごく間近で見たことが、辞めた理由だという。

「怖かったんです。ずっとあんな近い距離で見られていたのに、気づかなかったのかと思ったら」

今は康太さんも他の業種に移り、その店も閉店した。

「幽霊より生きている人間のほうが怖い」という話を聞くと、康太さんは今も「あれはどっちだったんだろう」と考えてしまうという。

そのときだけの島

高校の頃、祐一さんが実家で夕飯を食べていたときのことだという。

弟が急に昔の話をし始めた。

「一度、Kに島があったでしょ」

祐一さんはすぐにどの話か思い当たった。

小さい頃、祐一さんは家族でよく旅行に行った。それがKという海辺の町だった。お父さんの趣味が釣りで、親戚が旅館をしていたため、二時間ほど車に揺られて毎年そこに向かう。

普段は山がちな町に住んでいたので、祐一さんにとって夏休みといえば旅行で、海。男二人の兄弟である祐一さんと弟さんは、二泊三日の短い旅で真っ黒に日焼けして帰るのが常だった。

その海に、一度だけ島があったことがあるという。他の年にはなかった。毎年同じところに旅行に行っていたのだ。風景はよく覚えている。なのにその年だけは、泳いでいけるくらいのところに島があった。

まばらに木が生えた小さな島だった。

「これまでもずっとあったみたいだったし、これからもあるみたいだった」という。泳いで行こうとすれば行ける距離だったのだが、なぜか祐一さんは「行きたくない」と明確に思ったそうだ。

だが、そんなときに限って弟が行きたがった。

「兄ちゃん、行ってみようよ」

弟は普段、そんな風に知らない場所を冒険したがったりはしない。どちらかといえば祐一さんのほうがそういうポジションだ。弟はそれを嫌がるくらいなのに、いつにない聞き分けのなさで島に行きたがる。

「ねえ、兄ちゃん、ねえ」

押し問答の末、祐一さんは弟を殴った。男兄弟だが、弟は幼い頃からあまり身体が強くなく、年の差も体格差もあったので、親から厳しく言われていて手を出すような喧嘩はしたことがなかった。だからひどく鮮明に覚えている。

けれど、祐一さんはそのときの弟が、「どこか怖かったから」殴ってしまったのだという。

喧嘩を遠くから見ていた母親が慌てて二人を連れ帰り、その年はもう海には行かずに帰った。

ひどく怒られたことが嫌だったからではなく、祐一さんにとってそれは、夏のちょっと不思議なエピソードというより、どこか不吉で触れたくない類の思い出になった。

それ以来、家族でその話題が出たことはなかったのだ。それまでは。

「一度、Kに島があったでしょ」

食卓で弟にそう言われたとき、祐一さんは混乱したという。

どう返したらいいかわからなかったし、話題としても唐突だった。

「なんの話だよ」

祐一さんは咄嗟にしらばっくれた。弟がこちらを見ているが、家族なのにどこか不気味にさえ感じた。

「全然なんの話かわかんねえ」

空いた食器を台所に運んでいた母まで話に参加してくるのは御免だった。早々に茶碗のご飯を口の中へかきこむと、「ご馳走様」と言って祐一さんは階段を上がって自分の部屋に駆け込んだ。


それから、祐一さんは何度かその島を夢で見ている。年に一度くらいだが、まるで彼が忘れるのを邪魔するかのようなタイミングだという。

夢の中で、いつも祐一さんは弟と島にいる。小学生、というかあの年の二人だ。島には行っていないのに、そちらから見たKの町が見える。

だが、町から島を見たときとは違い、やけに遠いような、もうあちら側に帰れない気がして「ひたすら悲しい」夢なのだそうだ。


現在、祐一さんは東京で働いている。上京してから出会った妻との暮らしにもすっかり慣れた。

一方弟は地元で結婚しており、子供を連れてKに旅行に行くらしい。

「兄ちゃんたちもどう？」

滅多に来ない連絡で誘われたが、祐一さんは理由をつけて断ったそうだ。

「島があってもなくてもおかしいから」

実家に帰ることはあっても、Ｋには二度と行く気はないと祐一さんは言う。

バグる家族

高校生の頃に「特に理由はないが」登校拒否気味だったという健一さんは、その日の夕方、特にやることもなくごろごろしていた。

健一さんの家は当時、祖母、両親、健一さんに妹という五人家族だった。

お祖父さんは前年に他界した。お祖母さんと車に乗っていたときに事故にあったのだ。

「それ以来、ばあちゃんがバグったみたいになっちゃって」

バグというのはボケが始まったことの比喩などではないと健一さんは言う。

そもそも、お祖母さんがなぜ交通事故で助かったのか、未だによくわからないのだそうだ。

相手が一方的に悪い事故に巻き込まれた。そのときに助手席にいて「奇跡的に」ほぼ無傷で助かった。お祖父さんの遺体はひどい状態だったそうなので、ほんの少しの距離が生死を分けた——とはいえ、あるかないかの隙間に入り込むような形以外は考えられなかったと聞いた。

いっそ、それでも不思議なくらいだと。

だが、健一さんにとっては「ばあちゃん」であってもまだ六十代前半。お祖父さんは亡くなってしまったが、お祖母さんだけでも助かったのは家族にとっては嬉しいことだった。

けれど、それからお祖母さんは少しおかしくなった。

例えば、「行ってくるわね」と健一さんの部屋のドアを少し開け、声をかけて出かける。お祖母さんの部屋も健一さんの部屋も二階なので、部屋の前を通りがかったときに声をかけてくれるのは昔からで、いつものことでもあった。

健一さんは漫画を読みながら、あまり気のない返事だけする。

階段を下りる音。

扉を開けて閉める音。

鍵を閉める音。

少しだけ漫画を読み進める。

「行ってくるわね」

突然、部屋の前から声がして、びくりと健一さんは身体を起こす。誰もいないと思っていたのだから驚いて当然だ。

知らない間に自分は少し眠ってしまっただろうか。その間にお祖母さんは帰ってきて、また出かけるのかもしれない。なんなら忘れ物をしたとか。気づかなかったとか。

先ほどより数ページだけ進んだ漫画に目をやりながら健一さんは考える。

階段を下りる音。

扉を開けて閉める音。

鍵を閉める音。

少しだけ漫画を。

「行ってくるわね」

時計は、進んでいる。読みかけの漫画のページも。

健一さんが言うには、こんな風に「辻褄が合わない」とか「繰り返す」ようなことが何度もあったのだそうだ。健一さんはそれをバグと呼んだ。お祖母さんのせいではない。何かがバグっているのだ、と。

「正直気味悪いなって思ったときもあったけど、ばあちゃんを気味の悪いものにしたくなかったんだよね」

せっかく、なんでかはよくわからないが奇跡的に生き残ったのだ。

旦那さんを亡くしてなお、本人も気丈に振る舞っている。

そもそも本人にどうこうできることではない。

自分の気のせいとか、少し寝ていたとか、なんだかぼけっとしてたとか、それでいいではないか、と健一さん自身思っていたという。

だが、後に聞くと家族みんなそうだったらしい。

実は、家族全員がお祖母さんの〈妙に説明のつかない状況〉に遭遇していた。けれど、お祖母さんが亡くなるまでは互いに言わなかった。みんな、自分だけの体験だと思っていた――というか、思おうとしていた。

「みんな、ばあちゃん好きだったからなあ」

同じ旅行のお土産を他の日にもくれてしまう。

夜中に家の中を歩いているが、見に行くと寝ている。

着替えるような時間はないのに、さっきまでと違う服を着ている。

そういったことを彼らは黙殺し、お祖母さんに普通に接し続けた。

が、異変の頻度は高くなり、健一さんは家からそっと距離をおくかのように毎日学校へ行くようになった。バイトも始め、家に帰る時間が遅くなる日もできた。

だが、そんな日々も長くは続かなかった。

お祖母さんは、事故から一年ほどしたときに路上で亡くなっているのを近所の人に発見された。その日にパートが休みだったお母さんは「さっきまで義母さんは家でテレビを見ていたと思った」というが、それもバグだったのかどうかはわからない。

件の事故現場へ行く途中の道で倒れていたお祖母さんは、健一さんが考えても当日の朝まで元気であったし、病院でも単に「心不全」と言うよりほかはなく、そこに至る原因は何も見つからなかったという。


亡くなったあと、お祖母さんの幽霊などは一切出ていない。

「なんだかんだ言って、ばあちゃんが一年で何したかっていうと、じいちゃんの葬儀のあれこれして、友達と旅行に行ったりして、俺らにお土産くれたりしただけで」

ちょっと怖かったが、家族が困ったことは特にない。健一さんに至っては、結果的に学校に戻るきっかけになった。

あと、両親が言うにはやけに自分の死後に何をどうするか、遺品をどうするか、具体的な指示があったのだそうだ。勿論それは旦那の死を見ての行動だったのかもしれない。

けれど、健一さんはなんとなく思っているという。

「本当は交通事故で死んじゃったはずだったのかもなって。本当は、って言っても現実は生きててくれたんだけど」

　バグで生き残り、それが解消されるまでバグの余波を受けて色々不具合が起きた——健一さんはそれ以来、幽霊もなんらかのバグでもおかしくないかもしれないと考えているそうだ。

停戦公園

「隣の学校とは戦争だった」

大崎さんの言葉を聞いて、私は彼が愛読しているという某不良漫画の名前を挙げた。

が、それは笑って否定された。

「それは高校生のヤンキー同士の抗争だろ。俺のは、小学校の話だから」

大崎さんは九州の県庁所在地のある都市の出身で、

「田舎だけど、田舎の中ではすげえ都会」

というのが彼の地元の表現だ。

彼が通っていた東小学校と隣の北小学校は、因縁の関係だった。

とはいえ、地域の大人の事情が絡んでいたというわけではない。

「ノリだけはそのヤンキー漫画みたいなノリで」

雑誌で流行っていたその漫画は、高学年にもなれば一部の男子のバイブルだった。

「あいつがこっちの領地に来ていた」とか、「乗り込んでやる」とか、そんなことで騒ぎ、それぞれの校内の結束は高かった。

さんざん騒いだ割には、誰かがひどい怪我をしたという話は聞かない。

だが、このふたつの小学校は同じ幼稚園出身の子供もいた。

そんな事情もあってか、暗黙の了解として「非公式の停戦区域」が設けられていたのだという。

それが〈三角公園〉だった。

まっすぐな道路と斜めの川のある土地に住宅地を作った結果、小さな三角の空き地ができた。それが三角公園で、ふたつの小学校の校区の境に近く、目立たない。

遊具もほとんどないせいか人も少なく、周りは木で囲まれていて中が見にくかった。

いくつかのベンチがあり、思い思いにそこに座ってあまり大きくない声で話す。

先日揉めていた生徒も、そこでは東小学校も北小学校もなく喧嘩をしない、誰が来てもいい場所――いつからなのかはわからないが、そういう場所だったそうだ。

大崎さんは、幼稚園のときからの友人である悠人さんが北小学校だったので、たまにそこで見かけると話をしていた。

ガキ大将タイプの大崎さんに対して悠人さんは大人しい性格。

一見して不自然な組み合わせなのだが、大崎さんは悠人さんの頭のよさを子供の頃から尊敬していた。

公園は誰が来てもいいとはいえ、知人がいない生徒はあまり来ない。見る顔はある程度決まっていた。今でも大体のメンバーは、名前は知らないまでも思い出せるという。

そこで悠人さんと話をするのが、息抜きのようで好きだったそうだ。

「そういう場所があったのは、いいことだったと思う」

中学に進学するとともに部活も始まって足が遠のいたが、大人になった今も大崎さんはそう振り返る。


去年の年末、大崎さんは同じく東京で働いていた悠人さんと新宿で待ち合わせて飲んだ。

二人とも大学進学から東京に出てきており、就職も東京だった。

なぜか毎年の年末に、どちらからともなく連絡して会っている。こちらでできた友達と会う時とも、地元に帰って同級生と飲む時とも少し違う。同じ地元から上京した人にしか共有できないものがあるのだという。

趣味が違う独身同士、どうしても思い出と仕事の話がメインになる。

「どの職業でも、楽なもんなんてないよなあ」

お互いにそう言って笑った。

が、昔話の途中で不意に悠人さんの表情が曇った。

三角公園の話になったときだった。

三角公園は大崎さんにとってノスタルジックな、思い出の場所だった。悠人さんとの会話ではこれまでもよく出てきたし、そのときはこんな反応ではなかったはずだ。

改めて顔を見ると、悠人さんは少し顔色が悪くなっていた。

もしかしたら飲み過ぎたのだろうか、と心配する大崎さんに、悠人さんは言った。

「……懐かしくても、行かないほうがいいよ」

三角公園が懐かしいのは大崎さんだけではない。悠人さんもだった。

昨年のお正月に実家に帰った悠人さんは、年末に大崎さんと三角公園の話をしたのを思い出した。

（久々に、行ってみるか）

そうは思ったものの、姪っ子と遊び、父と晩酌などもしていたら、思ったより時間が進んでしまっていた。夜の十一時ほどだ。とはいえ煙草もない。

コンビニまでは歩いて十五分ほどかかる。少し遠いが、道を一本入ると三角公園もある。帰りをそのルートにして、夜の散歩をするというのも悪くない。

「ちょっと出てくるから」

母親に言うと、「いってらっしゃい」という声が背中にかけられた。この頃、東京での生活に疲れていたという悠人さんには、それにも故郷の優しさを感じたそうだ。

（もう帰ってこようかな）

そんなことを思いながら懐かしい町を歩いて、昔はなかったコンビニに着く。青い看板も中で売っているものも、ここだけは東京と似ていると思いながら煙草を買った。

その帰りに、一本奥の道を通る。家はあるのだが、歩いている人はいない。その奥に三角公園はあった。

昔より狭く見えるが、多分昔のままだ。懐かしい。こういうものがあるのが、故郷のいいところなのだ、と思った。

（一服して帰ろうかな）

灰皿もある。あるというか、昔のまま置かれている。

そう思って一歩入ったとき、誰かがいるのが見えた。

（……こんな時間に、子供？）

よく見ても、やはり子供だ。小学生くらいの男の子で、微動だにしない。黄色いシャツを着ている。隣に虫カゴがある。

それだけだ。だが、悠人さんは逃げ出した。

――彼は、悠人さんが子供のときと、なにひとつ変わらない姿をしていた。

話を聞いた大崎さんは、最初は悠人さんの勘違いではないかと思ったという。

三角公園はふたつの小学校の生徒がいたため、学校では普段見かけない子供も多かった。逆にそんなにはっきりと常連だとわかるような相手ならば大崎さんの小学校の人間かもしれない。それなら、と思ってその容姿を聞いたそうだ。

「虫カゴ持ってて、いつも黄色い汚れたシャツ着てた奴いただろ。いちばん奥のとこに座ってる……」

だが、わかりそうな特徴を聞いても、大崎さんにはそんな子供に見覚えはない。

けれど、虫カゴは覚えていた。

公園の三角の、鋭角の部分。いちばん奥のベンチには、たまに緑の蓋の汚れた虫カゴが置かれていた。持ち主はわからない。口には干からびたコオロギの死体がひとつ入っているだけだった。汚く、気味も悪かったので大崎さんは当時も近寄らなかった。

そう伝えると、「それはそいつのだ」と悠人さんは言う。

「いや、あの隣って誰も座らなかっただろ」

「え、いつもあいつが虫カゴの隣に座ってただろ」

かなり場所が限定されてもまだ、話が食い違う。

虫カゴの隣は、いつもぽっかり空いていた。大崎さんは虫カゴがどうにも嫌だったから、「他の奴もそうなんだと思っていた」という。

その、大崎さんがぽっかり空いていたと思っていた場所に、悠人さんはいつも男の子が見えていた――という不自然な辻褄合わせが、最後には二人にとって最も無難で落ち着く答えになったという。


「よく考えたら、その頃からそいつはずっと見かけが変わらなかったんだよな」

悠人さんが言うには、彼が誰かと話している姿も見たことがないそうだ。

大崎さんはといえば、

「まあ、誰でも来ていい場所だったんだからいいかって思ってる」

そう、彼らの小さな戦争の頃を振り返った。

「もしかしたら見える奴なのかもしんないから、今度聞いてみるわ」

年明け辺りに何か聞けるのを、私は楽しみにしている。

手つなぎ

裕太さんが覚えている限り、幼馴染の沙彩さんが何かと手を繋ぐようになったのは、小学校低学年のときだ。

身体が少し弱かったせいか、元々人の輪に入るのが消極的な少女だった沙彩さんだが、幼い頃は近所の裕太さんと仲が良かった。だが、小学校に入学すると裕太さんの遊びは他の男の子と走り回るほうに傾き、沙彩さんとはあまり遊ばなくなった。

沙彩さんは新しい友達を作ることもなく、少し離れたところに座って裕太さんたちが走り回るのを見ていたという。その辺りから彼女の隣には人影があり、手を繋いでいたような気がする。

今考えればそんなはずはない気がするし、そもそも何と手を繋いでいたのか、裕太さんにもうまく思い出せない。

ただ黒っぽい影のような何か。

顔は覚えていないし、見た覚えもない。

ただ、その存在を怖いと思ったことはなかった。なにせ、ほぼ真昼間の、友達のいるところでの目撃であり、恐怖と結びつきはしなかったのだ。

そのせいだろうか。それについて沙彩さんに聞いたり、話したりしたことはない。なんとなく他の誰に話すこともなかった。


沙彩さんはその数年後、交通事故で亡くなった。それもあって、裕太さんは中学生の一時期「沙彩さんが何かと手を繋いでいた」というのはショックの大きな出来事からの記憶の捏造だったのではないかと思ったことがあるそうだ。

「彼女は何かに連れていかれた」という子供の空想ではないか、と。

自分の空想や妄想なのか、それとも本当のことだったのか不安になった裕太さんは、姉の美由紀さんに聞いてみた。美由紀さんは沙彩さんとはあまり遊んでいなかったが、沙彩さんのことはよく覚えているという。

だが、黒い影については首を横に振った。

「でもね、私なんとなくあの子のこと苦手だった。何でだろうと思ってたけど、あんたの話を聞いてわかったかも……」

美由紀さんは、昔のアルバムを渡してくれた。

見るなら一人で見てほしいというので、夕方に姉が出かけてしまった後に開いた。

（一人でアルバム見るなんて、考えたら初めてかもしれない）

そんなことを思いながら、最初からひとつひとつ丁寧に写真を見る。

もちろんこの家のアルバムなのだから、写真は裕太さんと美由紀さんがメインだ。沙彩さんが写っているものは十枚もない。

が、その全部で沙彩さんは左手を何かと繋ぐ形にしていた。だが、裕太さんの記憶にある「黒っぽい何か」などは写真には写っていない。ただ、沙彩さんの左手が手を繋ぐような不自然な形をしているだけだ。

写真の沙彩さんに怖がっている様子はない。彼女にとっても普通だったのだ。

最後の一枚は、秋の遠足の集合写真だった。遠足は小さな動物園がある公園でのものだ。この遠足の帰りに、沙彩さんは交通事故で亡くなっている。

他と同じように沙彩さんの左手は何もないところで何かと繋がれている。が、この写真だけ右手も同じように繋いでいた。そちらも手を繋いだ先はない。

写真の中の、両手とも何かと繋いだ沙彩さんは、記憶と写真を足してもいちばん幸せそうに笑っていた。

隣の歌

「インターネットでのセキュリティ意識」と一口に言っても示す場所は広い。なので、人によって偏りもある。

　職場の後輩であった信次さんは、かつて「パスワードなどにはとても気を配るが、語る内容はそうでもない」人だった。

「男だし、やりとりも友達が多いし」

　大体がそんな気分であり、特に匿名掲示板ともなれば「そこうちの近くだよ」などと気楽に書き込むこともあった。

　だがその信次さんも、今はもう「家の話とかはネットで絶対しない」という。

「そういう問題じゃなさそうな気はするんですけど……」

　そんな断りの元で話してくれたことだ。

一時期、彼はオカルトの話に特化した掲示板に入り浸っていた。最初は「半年ロムれ（読むだけにしてルールと場の空気を把握しろ）」というようなローカルルールの通りに読んでいるだけだったが、それでも十分面白かった。

そのうちに、自分も自分の部屋で前々から不思議に思っていることについて書き込みたくなった。だが、読んでいたところはネットでいう「あまり治安がよくない」場所だったので、信次さんは自分でブログを作って書いてみることにしたのだという。

個人ブログがもっとメジャーだった時代だ。

ブログに登録し、簡易的にデザインなどを決め、プロフィールなどを書き込む。そして、最初の記事で「こんなブログにします」というようなことを書いた。前にも作ったことがあるので難しくはなかった。

そして、以下のような内容の本題を書き込んだそうだ。

信次さんはアパートで独り暮らしをしている。

学生時代に引っ越してきたアパートだが、隣近所の人など知らない。きれいで気楽ではあったが、とにかく壁は薄い部屋だ。音という音が、隣部屋の生活状況を知らせてくる。

それは恐らく信次さんの部屋も同じだが。

右隣の部屋は男子大学生のようで、朝出て行って夜は寝る。左隣は見たことがない。たまにしか帰ってこないようだった。直接会ったことはない。夜に信次さんが帰ってきたときに電気がついているのを見たこともなければ、郵便受けにあるはずの表札もなかった。

その左隣が妙にうるさい。というのは、夜中に女性が歌う声がするのだ。いつも信次さんの知らない歌で、多分日本語でもないのではないだろうかと思った。大きな声ではないが、壁の薄い部屋ではかなりはっきりと聞こえる。

ＣＤやテレビを流しているのではなく生で歌っていると思ったのは、揺れる音程と、途中で途切れるところからだ。それも、信次さんが身動きするタイミングにちょうどあったりもした。

それだけならただの「ちょっと迷惑な話」である。信次さんがベッドを左隣の部屋の壁側から離すなり、ヘッドホンで音楽を聞くなりすれば回避できるかもしれない。

が、信次さんはそんな対策は取らなかった。普段から夜更かしをする信次さんにとってそこまで大きな邪魔というわけではなく、迷惑というよりは——謎だった。

他の音が一切聞こえないのだ。足音も、生活音も、家電の稼働音も。玄関のドアを開ける音さえ聞いた覚えがなかった。

右隣の部屋からは普通に聞こえる。朝には目覚ましが鳴り、帰ればシャワーを浴び、歩く音、扉を開けて出て行くような音が聞きたくなくても聞こえてくる。

(左隣は気を遣ってるのかなあ)

確かに、夜中にシャワーに入ったり、音を立てるというのは迷惑に思う人もいるだろう。トラブルになりかねないし、逆に入浴中であることが知れて覗かれることを心配しているのかもしれない。

だから、信次さんが会社に行っている昼間や夕方にそういう用事を終わらせているのかもしれない。——じゃあなんで歌はいいんだという気もするが。


考え出してしまうと、あまりにもドアの開閉音と足音がないのは不自然だった。

毎日は部屋に帰っていないのかもしれないが、歌っているときはその部屋にいるはずだ。足音が小さいだけかもしれないが、真っ暗な部屋の中で、すーっと女性が部屋に浮かんで歌っているのを考えると怖かった。

住んでいる人は普通で、音の伝わり方の問題なのだとなんとかして確認すればいいだけだが、それがどうにも怖い——。

と、いうようなことを書いたそうだ。そのとき、隣からは少なくとも音も歌も聞こえなかったという。

書き終えたという達成感で、信次さんは冷蔵庫にビールを取りに行った。ビールを手に戻った信次さんは意外なものを見た。

コメントで返信がついているという通知だ。

(どこから来たんだろう?)

たったいま開設したばかりのブログの閲覧など、そう早くつくものではない。コメントなど尚更。少なくとも、これまではそうだった。

そう思いながらコメントを読む。

「二〇二号室では二〇××年三月二十日に自殺があり、その後入居者はありません」

匿名のコメントに、慌てて自分の記事を見直した。まるで、この書き方は自分の隣の部屋が二〇二号室だとわかっているようだが——やはり、左隣としか書いていない。

そして左隣は、本当に二〇二号室なのだ。

急な混乱の中、信次さんは自分に言い聞かせるために、ひとつのことを考えて逃避する。

(当てずっぽうで書いているのかもしれないんだ、そうだ、そうに決まって——)

——ドンッ!!

重い打撃音のような壁を殴る音が、信次さんが座っていたすぐ横の壁からした。そんな音が左隣からするのは初めてだった。

それきり静まり返る。

逃げたい、と思ったそうだ。だが、扉を開けたときにあちらも開けたら？　鉢合わせしたら？　そんな考えが頭に渦巻いた。

歌が聞こえて来た。壁の向こうに、いる。

そう思うと足が動かず、代わりに信次さんは近所に住んでいていつも遅くまで起きている友人に連絡したそうだ。

「おう、なに？」

通話が繋がった瞬間、歌がやんだ。

「とにかく来てくれ」

要領を得ない頼みに、友人はやや面倒くさがりながらも、信次さんの部屋に二十分ほどで来てくれた。

「俺ー」

扉のノックと友人の声を聞いて、信次さんは玄関に向かった。鍵を開ける。友人の姿を見たときは泣きそうだったという。

そのままチェーンも施錠し、部屋に入ってもらう。

「なんや、何があったんや」

友人はそう言ったが、何か話せば隣にも聞こえてしまう。

そう考えて、メッセンジャーアプリを使うことにした。

『ほんと来てくれてありがとう』

『ていうかなんなんだよ』

『いや、こんなことがあって』

掻い摘まんで説明をすると、友人は信次さんにあわせてまたメッセンジャーアプリで連絡をくれた。

『はあー、歌ねえ。それより、外から見えないだけっつったって、隣ほんと真っ暗だったぞ』

――ドンッ!!

こちらのメッセンジャーのやりとりなど、見えるわけがないのに。

自分たちは静かにしていたのに。

抗議のように壁を殴る音がもう一度聞こえた。

しばらく驚いたように壁を見た友人は、立ち上がってメッセンジャーアプリではなく言葉で言った。

「とりあえず一旦出ようや」

二人で部屋の外に出るとき、信次さんは隣の扉を警戒していたが、動きはなかった。ただ、やはり窓は暗かった。

バイクで来た友人の後ろに乗って、その日は友人の家に行った。

友人によると、信次さんの部屋に来たときに空気がとても重かったという。

その中でメッセンジャーアプリで話しようなんてどういうこっちゃ、と思ったものの、信次さんがパニックに近い様子だったので一旦落ち着かせようと思い、その話に付き合ったのだそうだ。

ノートパソコンは仕事でも使っているものだったので、咄嗟に財布などと一緒に持ってきていた。彼の部屋で改めてブログを見る。

コメントはさっきのままだった。閲覧数は一回。

「いや、でもお前もブログ見たんやろ」

友人のその言葉で信次さんは更に混乱した。信次さんが見た回数も「閲覧数」に入る。複数回同じ人が見た場合はカウントされないので、一回というなら信次さんが見た回数だけのはずだ。このコメントを打った人間の閲覧数はなぜかカウントされていない。念のため新しいページを作ってみたが、やはりカウントはそういう仕組みのようだった。

これまでも毎日そこにあった左隣の部屋が急に怖いものになってしまった。隣の動向にずっと怯えることになると思うと、あの部屋では暮らしたくない。が、すぐに引っ越すというのもあてもなければお金もない。

困っている信次さんに友人は「一時避難として自分の部屋にいれば」と提案してくれた。実家も遠い信次さんは、次の部屋が見つかるまでそのありがたい申し出に甘えることにしたそうだ。

彼の部屋に転がり込んで一緒に暮らす間、なぜか隣の部屋に興味が出たらしい友人は熱心にその部屋のことを調べ始め、次第にのめりこんでいった。

「俺はもうあの部屋に関わりたくなかったから」

何度か友人を止めはしたものの、彼はあまり聞く耳を持たなかった。

「とはいえ、元から興味を持つとそんな感じの奴だけど」

だが、調べてもめぼしい成果はなかったという。事実としては、二〇二号室に何年も人が住んでいないのは確からしい。現に、その時点でも即日入居者募集で不動産サイトに物件は載っていた。

信次さんはといえば、友人の部屋も独り暮らし用のもので、前の部屋に自分の家具などを置きっぱなしでもあったので、新しい部屋を早めに探した。すると、手頃な物件がすぐに見つかった。

その引っ越し当日のことだ。荷物を取りに前の部屋に行くのは気が重かったが、他の友人たちも引っ越しを手伝ってくれるというので心強かった。明るいうちの作業で、作業も忙しく、何人かの声でやりとりをしながらなら横の音も気にならない。つつがなく作業は終わったという。

引っ越しを終えた信次さんは、空っぽになった部屋を後にしようとして振り向いた。そこに、黙って壁のほうを見ている友人がいた。

信次さんは早く出ようと促そうとして、青ざめた。

友人が、小さく何かを口ずさんでいる。

それは隣の部屋の女性が歌っていたものだった。

「……なあ、その曲、有名なの?」

それで納得できるわけではないが、そうだといいという期待を込めて聞く。すると彼はきょとんとした顔で信次さんを見た。

「いや、なんやろこの曲。なんとなく思い浮かんだんやけど」

友人がいるときに歌が聞こえたことはなかったはずだ。

逃げるようにアパートを出て、信次さんはすぐにブログごと削除した。


その後、信次さんの周りに異変はない。

だが、喧嘩もしていないし、恩もあったが、その友人とはなんとなくそのまま疎遠になってしまった。

「余計なことを書いたせいで、引っ越しで金はかかるし、友達はなくすしで」

なので、彼はネットに余計なことを書き込むのは金輪際やめた。もうオカルト系のページも見ないそうだ。


友人はその後、引っ越したと聞いた。

それがあの部屋かどうかは聞いていないが、違うといいと信次さんは思っているという。

爪先を揃えて

「幻覚とも思えないんですよね」

それをよく見た頃を振り返って、会社員の戸田さんは言う。

「そういうのだったら、見るようになるきっかけくらいあるでしょ。疲れてたとか、酒飲んでたとか。特に思い当たらないから」

彼曰く、最初は手の込んだいたずらだと思った。それにしたってちょっと微妙、とも。

ある朝、アパートのゴミ捨て場にスニーカーが捨てられていた。

会社に向かう前に燃えるゴミを捨てようとしたときに見たという。

「捨てられていた、というにはちょっと様子がおかしかったので覚えてるんです」

見たところスニーカーはまだ履けるくらいで、古さは感じない。ゴミ袋には入っておらず、爪先はきっちり揃って戸田さんのほうに向けられていた。片方の爪先だけが泥で汚れているのが印象に残った。

捨てた誰かは、よほど足に合わなかったものなのだろうか。とにかくそれが初めての〈遭遇〉だったのだそうだ。

このスニーカーについて、戸田さんはかなり詳しく覚えている。ベースは紺色で、やや薄い青のラインが入ったジョギングシューズ。そんな説明だけでなく、検索して探したといって商品画像もその場で見せてもらった。

商品名こそ伏せるが、私でも知っているような有名ブランドのものだ。決して特別なものではない。話を聞かせてもらう間、ネット通販のページは開きっぱなしで、当時は六八〇〇円と表示されていた。これを書くにあたって調べたところ、現在は廃番のようだ。

靴にこだわりのない戸田さんが詳しく覚えていたのは、件のスニーカーを見たのが一度限りでは終わらなかったからである。いっそ「執拗に」というほど戸田さんの周りに現れたそうだ。

「一瞬ぎょっとはしたものの、靴が置かれているだけですしね」

数日後、今度は一階の角の部屋の前で遭遇した。ゴミ捨て場の時と同じ置き方で、紺色のスニーカーはやはり爪先が揃えられている。

（なんだ、収集されなかったのか……？）

誰かが部屋に置ききれないから置いているとも、洗濯して乾かしているとも考えにくい状態だが、安いアパートでもある。顔は知らないがこれまでには夜中に騒ぐ若者など色々な人がいた。これもそのうちの誰かのものなのかもしれない。

ゴミ捨て場にいちばん近いのは一〇一号室だが、その部屋はしょっちゅう住人が変わる。今は誰も住んでいないようだった。

「それは怖い話とかじゃなくて、ゴミ捨て場に近いからだと思いますけど」

戸田さんがそこを見るのはゴミを捨てるときだけだったが、それでもよく虫がいた。おまけに、強い雨のときにはペットボトルを叩く雨音が二階奥の戸田さんの部屋まで聞こえる。近くはさぞうるさいだろうと以前から思っていた。いちばん近い部屋はカーテンのない窓から見る限り、空っぽになってしばらく経つ。

置かれたスニーカーの横を通り過ぎる。部屋に入るまで振り返らなかった。

なんとなくではあるが、「こちらを向いていたらどうしよう」と思ったからだそうだ。

「これは頭にふっと湧いた想像ですけど」

靴がある。その上の足を想像する。その上の身体を、顔を想像する。詳しい姿など想像できない、ぼんやりした人影だ。

それでも、爪先がこちらを向いた靴は、見えない顔までこちらを向いているような気がした。だから怖かったのだろう、と戸田さんは言った。

その話を聞くと私も気持ちはわかる気がした。が、戸田さん自身もつけ加える通り、

「どの靴でもそうなわけじゃないとは思いますよ。そんなこと考えたの初めてだったし」

他の靴にはない存在感のようなものが、そのスニーカーにはあったのだという。


そして、その戸田さんの気持ちを嘲《あざけ》るように紺色のスニーカーはその後も戸田さんの前に姿を現した。偶然出会うというよりは、待ち伏せされているようなタイミングだった。

夜とも限らない。朝にも見た。一階の廊下の端、階段の途中、それ以外にも狭いアパートの敷地のどこか。いつだって動いていたりはしない。置いてあるだけだ。

「会社帰りにドアを開けたとき、二階の廊下の途中辺りからこっちを向いていたときはさすがに嫌でしたけどね」

蛍光灯が神経質にチラついていた。その真下に佇む一組のスニーカーを、戸田さんは当然のように無視した。

（あの部屋に住んでいる人間がやっているならすぐ不動産屋にチクってやる）

些細なことではあった。だが、しばらく続いたせいもあって、攻撃的な気持ちになるくらいには、心を針で刺すような痛痒さがあった。

アパートは階段も廊下も狭い。進行方向にまっすぐ歩くしかないのだから、他にも同じように戸惑っていた人も中にはいるかもしれない。だが、戸田さんは他の住人にそのことについて尋ねたり、話したりはしなかった。

あまりにも人為的な配置なので偶然とは思えない。近隣の人間の「性質《たち》の悪い無差別ないたずら」と思っていたそうだ。だからこそ、「怖がったり反応したりしたら負け」だと思ったのだという。

そして近所付き合いなど彼自身ほとんどないのだ。持ち主に辿り着ける気もしなかった。

「戸田さん、最近疲れてない？」

会社でそんなことを言われることが増えた。仕事量が増えたということもなく、仕事もプライベートも大きな問題はない。先日の健康診断も特に何もなかったというのに、体調がどんどん悪くなっていくのを戸田さん自身も感じていた。問題はあのスニーカーくらいしか思いつかない。

そんなある日、戸田さんは部屋に来ていた友達と夜中に出かけていた。明け方に近い時間だったという。

近所を散歩する。友達はこの辺りに詳しく、戸田さんがついていく形になった。言葉も少なく、何を話したかは覚えていない。誰もいない住宅街を歩く。前に、少し遠いコンビニに行ったときに見たことがあるだけの石の階段をのぼって高台へ。そこにある道路を進むと一部が崖になっている。辺りに民家はなく、崖の手前に錆ついたガードレールがあるものの心許ない。その下は随分な高さがあって、真っ暗な中に川と河原が見えた。

「ワン‼」

後ろから犬の吠える声がして、戸田さんは我に返った。

犬は早朝に散歩していた人の飼い犬で、飼い主は真っ青になって戸田さんを見ていた。最初、彼の表情の意味も現在の状況もわからなかった戸田さんだが、気づいた瞬間にひどく混乱した。

戸田さんは、ガードレールから身を乗り出すようにしていたそうだ。下を見て、反射的に身体を引いた。戸田さんの身体はガードレールの向こうに行きそうになっていた。

「そんなつもりはなかったんですよ。死にたいとか、そういう気は全然なくて。ただ友達と歩いてきたみたいなつもりだったのに」

犬を連れた男性に、「大丈夫です」と繰り返すと彼は逃げるようその場を去った。

気がつけば、周りは明るい。そういえば、ずっと自分たちは無口だったたし、ずっとぼんやりしていた。

「そもそも、友達って誰だよって」

その日どころか、戸田さんは友達を部屋に呼んだことはない。来ていた友達などいない。顔も声も何も覚えていない。だがずっと友達だと思っていて、「それ」について歩いてきた。

まだ尻もちをついた状態で隣を見ると、すぐ隣、「それ」がいたはずの地面には紺色のスニーカーが置かれていたという。

いつものように揃えられた爪先は、そのときだけはガードレールのほうを向いていた。恐らくはガードレールではなく、戸田さんが落ちかけていたガードレールの「向こう」側のほうを。

「よくわからないけどもう靴も怖いし、自分がよく覚えていないのも怖くて。大人になって恥ずかしいとかも言ってらんないで、家に帰ると実家に慌てて電話しました」

戸田さんの動揺した様子があまりにひどかったせいか、実家から父親が迎えにきた。実家とアパートは地理的に離れていなかったこともあって戸田さんはそのままアパートは引き払い、この話を聞かせてくれた当時も実家で暮らしていると言っていた。

それきり、紺色のスニーカーは戸田さんの前に現れていない。

紺色のスニーカーが誰のものだったのか、なぜ戸田さんがつけ回されたのか、それは未だに思い当たらないそうだ。

その前後に死んだ知人などいなかったし、そのスニーカーを履いた人にも心当たりはない。部屋も、引っ越してから三年は経ってから起こった話だ。

あのガードレールの場所に何かがあるのかもしれないが、あったとしても知りたくないので調べてはいない。

戸田さんは、今でも道にスニーカーが落ちているのを見るたびにびくっとしてしまうと言っていた。

余談だが、この話を聞かせてもらったときに違和感のようなものが私の中に残った。

戸田さんと別れるまでわからなかったが、それがなんなのかは帰りがけの夜道を歩いていて気づいた。

——私は、「道に落ちてるスニーカー」なんて、ほとんど見たことがないのだ。

戸田さんは、よく見るのだろうか。
彼のメールアドレスも変わって、もう聞くこともできない。

あとがき

はじめまして、鳴崎朝寝です。

最後まで読んでいただいて、本当にありがとうございました。

ふっと手を止めていただくような話がありましたら嬉しいです。


怖い話を読み、聞き、書いてはいますが、私自身は極度の怖がりです。

これまで多くの怪談を読んだり聞いたりしたせいで、ホテルに泊まるときには緊張するし、入院なんて絶対にしたくない。けれど、そんなのは必要に迫られれば逃れられない。

日常も同じで、夜道が怖い。布団から足の先が出るのが。カーテンのない窓の外が。引き出しが少し開いているのが。いっそ、毎日アパートの部屋に帰ってドアを開ける瞬間さえ、私は怖い。